老いゆけば

死に方を心得ておくべきでしょう。
どうしましょうと考えあぐねては
心は拓けません。

小川中大

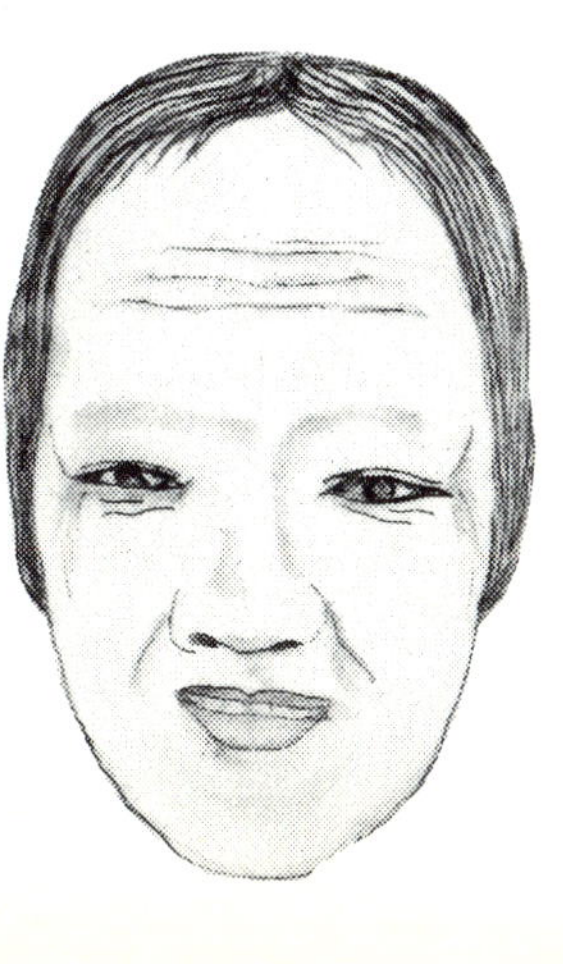

良子さん

書きはじめに

人間老いを自覚することは、人様々であると誰しもが思うが、そのことは只漠然と承知しているのではないか。その訪れがどんな具合にやってくるかと思ったりするが、現実にある日突然に或いはそれとなく体の機能が変調し、どうしたものかと心配したり驚いたりする。その思いは種々雑多で、取りあえずそれなりに対応をしてゆくことになり、その経過には心身ともに一喜一憂し歎息することが多い。しかし、これらの事が老化現象からきていますよと自覚するに及んでは佗しくも寂しくもあるが、承知する以外にない。勿論抵抗するすべもない。只努力と気力で防ぐことは多少は期待してよいように思うが、まあその程度のものとして置かないと何時までも人生は続くことになってしまう。

我々の仲間は一様に五年先十年先を想定して暮らしているらしい。しかし、そろそろ七十才台に入ると確かに、そのような事に対して俺はどうなんだと再認識する日が来るように思う。私は最近、体の老化をいや応なしに自覚した事はある。体力が減退していると云うことを確認することは全く意外な事から起きた。気がつくと全く完敗なのだから当然残念無念と云うことかと思うだろうが、私の場合自分を慰め、仕方がないなと云う気持ちであった。

日頃簡便な一日万歩主義に共鳴して、ある程度は実行しているが、おしとやかな女性連中に常に追い抜かれ、後尾に位置し追従している。又、今はやりの充電式電動自転車に乗っても、一般自転車に簡単に抜かれ去られてしまうに至っては、体力の差は慄然たるものがあり、如何にも老いの一言で解決される事実であった。しかし、自分が老人であると今迄自覚したことはない。それは何かと思っていたし、人様を只都合よく眺めていたようだ。

最近どうしてこうも自分の思いどおりに事が進まないのか、反省し反問してしまう。そのうつうつとした気分を解《ほぐ》してくれたのは丁度晩秋の陽が窓越しにではあるが、目覚めの寝台を丁度照らしていた時、あたかも隠者が平易に語るが如く、頭の中で順序よく次々と解読されてゆく。反復するとこう云うことになる。

「気力が無くなったからでしょう。今迄は体力が一応気力に対応してあったものが、体全体の活力が無くなっていると云う証左で、云ってみれば体調不順と云っても良いでしょう。不健全な体にどうして気力とか気魂、精神力が住みついて働いてくれるものかと理解するべきで、この事は老化と共に必然的に起る現象でしょうし、何れ有難くこの理《こと》わりを頂戴することになりますよ」と言うのだ。

人間生きていて気力が無くなると、あたかも船に機関室が無いようなもので、どうしても前に進まない。単に生きているだけで、停泊しているようなもの。全く情けない姿である。魂のない抜け殻とも云える結末となる。これではしょうがないと、悩んでいたことが、脳細胞を揺り動かして天恵のように解析してくれたのかと思う。今更ながら自覚し、何時までも創作構想に、日暮しを続けることもならず、それなれば体調、体力の限度内に何とか、この一念を成就したいものと原稿に向いペンを取り始めたと云う次第なのである。

人間の気力は体力以外に構成されないものかと考えると、私のように心臓弁膜症と二十年以上暮らしている者にとっては、この際弁証法的であるが守備範囲の仕事なり趣味の中から、この気力、気魂と云う最も大事なものが共生しないものかと考えると、どうしても自分の体力を超えて、絵画に熱中し囲碁に夢中になり、小説の創作にも格別の気力があって十年にして中編小説を完成し、その冊子「童人慕情」を手にしてみると、多少なりとも加重される気力、気魂があり、我が身を燃焼させてくれることは体験上掴《つか》んでいるから、この際この無力感を再構築してゆく據《よ》りどころとして、この冊子「老いゆけば」の刊行に歩み出すことにした。多分草稿は一年で終るとしても更に一年の熟成期間をみれば、構想の一年もあり都合三年程の長期を予定し、若し途中ペンを置くことになれば、素養のある同好者も居るので依頼することも念頭にある。この本の構想からみて、老人でもない者が実態を描くことに抵抗があって、体力との限界線ぎりぎりで勝負をかけていると云ってもよい。

一九九八年（平成十年）晩秋　　於自宅　　中　大

目次

項目	内容
書きはじめに　3	七十二才と云う老生の身となってから執筆、実感体感があるから入念にしかも万感の思いが込められると判断
一、広い道　13	廃業、倒産は踏台として再起は三度
二、金秋　19	信念が、念力が、活力の金《きん》の綱《つな》となる
三、迷路　25	
(1)　三世代の世相と人生観	明治、大正、昭和の近世代人の人生観にどんな隔差が生じてきているのか
(2)　親子の同居は自然な道理となるか	欧米と比較のうえで現代日本人はどうあるべきかを考察

(3) 老人介護の根底を探る
介護者は絶対に無理をしないこと、専門家に託すことが良策と心得ること
(4) 老後資金の行方
老後は長いから長期の経済の見透しと推移、中でもインフレ時の対策はどうするか、元本を保証しない時代ですから。どう観ますか
四、老いゆけば 71
(1) 老いの坂と現役に生きる
人世は二倍に現役も二倍の心意気が必要
(2) 老いることの自覚
人間の体は働く機械、どのように共生しますか
(3) 老いてからの幸福と不幸
働く姿勢の中に幸福感を求める余裕が欲しい
(4) 老いの死は斯くありたい
出来るだけ要介護者とならないために
五、わたすげの台地 94
隠退者の別荘、入居者の心境は空々白々、むなしさは残っていた
六、老人病院 99
老死を前提として医療手当、しかし相当に延命措置は続くものと認識している

尊厳死は自らの決意と判断で、そして出来たら手続きを、死は招致出来るか、散骨は天道

神仏の存在は身近にあり、仏は我が胸に神は現世に在り、来世は空と自覚、天空も神秘性がなくなった。二十世紀に影の部分はないから、若人はどのように理解するか

老生と云えども現役が最高、人世二倍現役も二倍

老生となって明鏡止水の境地を求めるのでなく、南無三宝出来るならこの追求をしたい欲求を叶え給えと、死ぬ間際まで努力を誓いたいものだ

本書に使用した古語・仏語等の説明（使用順）

一、わたすげ

カヤツリ草科の多年草、山間の湿地に生える。高さ五十センチ、葉は細長く夏茎の先に数個の穂がつく。実は綿のような白い毛で包まれている。

二、南無三宝

仏語で、しまった、大変だ、三宝よ、危急を救いたまえという意。三宝とは、仏陀、教法、修業者すなわち「仏法僧」のことを云う。

三、望雲の情

子が他郷で故郷の親を恋慕うこと。

四、槿花《きんか》一朝の夢

槿花とはムクゲの花。ムクゲの花は朝開いて夕方にしぼむと思われていて、はかない栄華のたとえ。白楽天の詩に「槿花一日の栄を成す」とあり、この花にたとえて云うことばである。

五、過庭《かてい》の訓《おしえ》

孔子の子が庭を通り過ぎるとき、詩、礼について親より教えられた故事によるもの。論語。

六、無為の策

人間が作り上げたり、こしらえたりするより、君主の徳によって自然に天下は治まると云うこと。老子の言葉。

七、夢野の鹿

昔、摂津の刀我野にいたと云う雌雄のシカ。雄の見た夢を雌が占い、かねて雄が淡路の雌のシカのもとに通っていることを知っている雌は、もし淡路に行くと舟人に射殺されるだろうと云ったが、果たしてそのとおりになったと云う伝説。

八、マザー・テレサ

インド、カルカッタの貧困にあえぐ人達の救済活動に生涯をかけ実行した人で、その功績を認められノーベル平和賞を受け、更にローマ法王をして聖人に次ぐ福者の地位に列する手続を取らしめたと云う経歴がある。一九九七年九月に亡くなっている。

九、究竟《きゅうきょう》の願い

退転しないで、ついに成就した念願のこと。仏語。

一、広い道

もう四十年以上も昔のこと、印象的に記憶しているけれど、妙に心に住みついている。それは私に「今度こんな処に引越することになったから」と云って、小さい紙片をもらっていたので、多少は気になり思いついた今日、足を向けてみた。乗物を降りると、田園も近く、こんな処かと複雑な感傷がよぎっていく。それにしても、なんと大きな道路なんだろうと立ち止まり、再確認しながらフームと只感嘆してしまう。

この広さのせいか天上の空間も広く、望見する四囲も又良し、望雲の情とともに郊外の新鮮な空気と爽快さを味わうことが出来た。両腕を挙げて伸び伸びと伸ばしてみたい感覚がある。ゆったりとした心を切り替えて、そのまゝ前方の家並を見てゆくと交差路の一角にある中二階の二戸長屋、大変大きな家だがオンボロと云った方がよいだろう。赤ちょうちんがぶら下がっている。あの家が多分移転した先の筈だろうと見当はついた。

今迄街のど真中で、小さいけれど四、五人の女性を置いていた小料理屋も、商いの常として人手に渡しこんな仕儀となった事は、何も初めてのことでもないし、それに私も商人の登り坂、下り坂を毎日のように見ているので、或る程度の耐性はあった。それにしても本人が何時もと変らず、顔色も動作も変えず淡々としている。普通は生気もなく、切り替える気力もなく、再生の道は遠いものと相場は決っているのに、どうしてこうも強い女に変身してゆくものかと感嘆してしまう。思うに、女の大厄で夫と死別そして引揚、この年にして二人の子供を育て切り離し、今は見ようによっては悠々閑々とやっている。決して泣き事がないし、生きていく事くらい格別のことでもないと過している。

お店は、五坪程のホールに四、五席のテーブルと椅子、小さいカウンターの奥に調理場らしい簡単な設備があり、日中はラーメンが主体、夜間は三十代の女性を組み込んでの縄のれん方式の居酒屋となっている。何処にでもある古い場末のお店であるが、資金もないせいか飾りが全くないから、ガランとして殺風景で味もそっけもない仕末。これでどうなんだろう、それこそ夜の暗さに多少のネオンの彩色でも計算に入れないとムードもないと心淋しく見てしまう。幸いに、この当時は小売商全盛期であったから、どんな店でも開くならば、何とか食事くらい凌《しの》ぐことは出来たと思う。よく聞くことで、老婆が子供相手に一銭店をしてもよいとまだ容認されていたから、生存意欲が大であれば、弱者であっても再起の巾は広かったように思う。

私なんかその頃独身で適齢期にあったが、一万円程度の給料ではとても動きがとれず、同僚と縁遠い事よと只見守るだけ。民間の人からは、どうしてそんな安給料で働くのかと嘲笑される仕末。戦後の動乱期は長くそんなものだった。とは云っても、どうこうする事も出来るものでないが、私なりに商売なり運気とかこれからのことなどを含めて考えてみる。何せ、もうこれ以上ない崖淵にいるような境遇だから仕方がない。この種の商いは女の持味で勝負するわけで、究極の処、サービスの内容であろう。繁盛していた頃は妙齢の美女館《やかた》であったし、麗人級の看板女性が傾城《けいせい》の趣さえ見せていたから、この人さえ掴んでいたならと誰の目にも映ったと思う。その店その店に特色があり、食味で招集する店舗なら、その事由は明確に指摘反省は出来るが、この様な職種については中々に複雑で一様でない。廃業倒産の第一の理由はサービスの献立がなくなった店舗と云うレッテルだろう。

もう七転びに近い経歴を背負って生きて来ている店主を、詳しく書き上げることは容易であるが、明治、大正、昭和とあれば当然ながら戦争を三度も体験し、引揚船の多くも魚雷のため沈船となった中での帰国である。総ての人がそうなのだからと取り上げる事でもない。今この時、この場合、この環境の中でどうあるべきか、与えられた条件を今一度掴んで、どう活路を見い出すか、大きい課題がそこにあった。これを乗り越えることが出来ないと良子さんも生きた社会大学の華を手にすることはないのではないかと煩悶し、何とか晩生の二度咲を願ってみる。

若年のこの身が海千山千の花柳界において仲居頭を勤め上げ、小料理店の一つ二つを潰してきた玄人に、差し出口もあるまいと思うのは当然であったが、後年私は小さい小学生に「地球って大きくて丸いよね、上にいる人は立っているんだ。しかし下側の方にいる人も立っていると思うけれど、逆さに立っているのかい。普通に立てないよね。どうしているのだろう」と聞いてみる。どんな返事が戻ってきたと思うか。彼等は相当混乱していて、途中で変だと気がついて投げ出して止めてしまう。何せ未だその原理を知らないことだから当然だが、この時のとまどいが大人にだって常に大ありで、逃げ出す道理に繋がっていると思う。どんな職場でも陽の当たる場所と当たらない場所があるもので、毎日、毎日嫌な想いで通い切れるものでもない。先程と同様な解き方をして見ることが必要だろう。そんなことは、この社会にごろごろ転がっている。

例えば身近い市役所の中にだって、それはそれは大変な役どころがあるようだ。一般にケースワーカと呼ばれる人々で、福祉事務所に働く職員である。社会の貧困者を相手にその最低生活を保護してゆく職種だが、これが当然ながらその交付する資金には予算だから限りがある。しかし、人間のことだから働くことを嫌い安易に保護を申請してくる良からぬ連中が多いとも云われている。暴言、暴力、アル中、傷害、覚醒剤、虚偽、この繰り返しと云ってもよく、親子の道義も道徳も全く過去のものとなっている風潮が強い。

こんな環境の中で職業として対処してゆくことは、中々の信念の持主でないと持続する事は容易ではない。だから退職とか職場替えを申出る者があると云われている。社会正義の情熱に燃え、社会愛を標ぼうしても、その実態の狭間《はざま》は埋め切れるものでもないようだ。

一歩道理に重点を置き、生活保護の支給を切れば、「お前が殺したようなもの」と吊し上げられる立場は容易な沙汰ではない。しかし、厳然と職員は稼働しているから、やはりそれなりに乗り越えている納得方法があったと見るべきだろう。本当にあるのでしょうかと思う人もいるだろう。

さて、ともかく再起の心がけとしてどうあるべきかと、ほの暗い気分の中であれこれと考えてみることが多くなっていた。そんな事もあって幾度か中二階に泊ることになり、翌朝早めに一人で起き、食事もなくそのまま職場に向かったことがある。ある時、戸口から表に出てみると、朝霧でほのかに目の前は霞んでいた。中々に風情のある光景であった。詩的な情感さえ見えてくる。店の前の道路は舗装されていないけれど、全く凸凹《でこぼこ》がない。まるで板かまぼこを見るように滑らかで傾斜が強い。そして、道巾が広く、三十間道路とも云われていた。幾度見る事があっても異常であったし、腹のふくれた大きい生きもののようにも見えた。それは異常な丸味加減にあった。考えてみると広巾なので、この程度にしておかないと水溜まりが出来てしまう。昔の仕方ない工法なんだろう。両側に続く民家や商家は総じて木造平屋建、このどでかい道路におじぎをしているかのように畏《かしこ》まっている。こんな場末の眠りの静寂と朝霧の流れを眺めていたが、陽の昇りに白い霞《かすみ》模様も映えて黄金色の輝きが入り、素晴らしい。

これが人伝えに聞く金霞《きんか》と云うものか、この光景を見たのなら強い幸運に恵まれることもあるのではないか。「槿花《きんか》一朝の夢」であったとしても、そんな思いを抱いてみたい心境だった。広い大きい道路よ、この俺に二度の驚きを与えて欲しいんだよ。戦軍万馬の駿馬と云えど、もう疲れているのだから、此処で万馬券を握らせてやってくれと金霞を見つめたとしても無理ない本音かもしれない。

二、金秋

時の流れ、自然の経過は計り知れない変化や変革が続くものである。春は万物生成の時期として、生理の闊達さは総てに生き生きとしている。その色は新緑に萌えて来たるべき飾り付けを予期しているとも思わぬげに、只力一杯伸び伸びと十方に生きている。それは生魂の力に呑まれてしまう魅力がある。これが若さの特権なのでしょう。

春も夏も過し秋も終らんとする頃ともなれば、地表は冷え冷えとして生物の生き方に生変を求めてきている。良子さんも明治生まれの人、人生五十年と云われた時代に生き、さしずめ晩年を迎えているとも云える。まさに秋の衣替えは中々華麗にして美観の極致とも云える。赤、黄、紅、白、橙《だいだい》これだけの彩色が主体となれば、確かに好きな京都友禅染、金糸銀糸の飾り上げなどの織物と一緒の晴れ晴れとした生き舞台が欲しいと仮に願ったとしても、人生一度の生涯であると理解すれば、天盃の雫《しずく》といった幸運は夢物語りで終ることでもあるまい。そのとおり事実、その足下から起り始めてゆくのであるが、我が家には先祖代々伝わる雲錦様と云う崇拝する守護神が鎮座している。一旦緩急の瀬戸際は少しばかり霞と云うか白雲となり、今悩んでいる病根を取り去り、社会のレールに乗せて今又霞のように消えてゆく。良子さんも結果的にそうだったと思ったりする。人間の苦労は際限もなく続くもので、何のために生きてきたのかと問いたいし、庶民が時代環境の中から飛び出すことは到底許されないものだったと云える。封建的因襲の強い社会の中での女一人の生き様は、筆舌に尽くすことの出来ない事は日毎夜毎《ひごとよごと》あったと思う。この私が生涯共にこの主人公に心底感謝こそすれ反言をもって事をなすことなぞ、全く考え及ばないことだった。それは幼い時辛苦を共にし、その姿と形をきっちりと脳裏に収めているからだろう。

さて、お店の二軒隣りに大家さんの店舗がある。住んで二、三年後に「実はこの家も随分と古くなったので、土地ともども売却したいと思っている。住んでいるお宅に引き取って貰うなら一番好都合なのだが、考えて貰えないか。勿論借地権もあるので、十分考慮してみたい」と付け加えてくれた。どうしてそのような話が持ち込まれたのか不明だが、考え過ぎかも知れないが、台風の直撃があれば、一撃で倒壊人身事故の恐れさえあり、家主としての責任の所在もあり、処分を余儀なくなったと見ることも出来る。余りにも提示された金額が安かったので触発されたことになるが、ともかく取り急ぐことなので、市民金庫から借入することになった。

その頃花街に出入りしていた、個人金融の完さんが介在していた。彼は自慢話に何時もその昔、青田買いの話を持ち出してくる。戦前の話であるが、経済的に困窮している農家から収穫前の青田を安く買い取る商売で、それこそ一年を二十日で暮らすことが出来たと懐かしむ。又、彼の信条として己れより大きい資本家とは決して競《きそ》うことはない。弱い者とだけ付き合うのだとも云っていた。

その彼が耳よりの話を持ってきた。銀行がこの地点に店舗用地を探しているが、乗ってみる気はないかと云うもので、まだ具体化していなかったが、彼の事これはと思ったらしく中々の話を作り上げていった。今一番現金商売で隠れた実入りのある簡易旅館をやらないかと云うのだ。どうも個人金融をしている彼が掴んでいる情報で、毎日の返済が順調で女達の金額も大きい事らしい。

最後に二百五十坪の土地とオンボロ二戸長屋、家は街の公園側の一戸建住宅を改造したものと等価交換すると云うもので、仕事の内容も人を使っていけばと云う気持から同意することになった。

この商売の切り替えは時流に乗った新しい商売と云えた。この当時自由恋愛、自由行動が走り始めたものの休息場所がなかったから、隠れ宿的感覚で利用度が高かったらしく、一般化していない時代だった。こう云った事には飲み込みが早かった主人公の良子さんは我が意を得たりと、「昼と夜のお手伝いさんを集めて、そりゃ随分と懸命に働いたんだよ」と云っている。それには訳があった。

何せ、朝な夕なに百、二百の札が入ってくるので、顔色を変えて数える日々であったと、あれこれ回想する。同業者のいない草分的開業であったことから、二、三年で新築資金を貯めて十五室もある簡易旅館を新築するに至った。絶項期は六、七年はあったように思うし、下降、横ばいも当然やってきている。

私はこの事実を眺めていて、一口に云って幸運の連続でないか、と単に云うべきでなくて、倒産後の再店舗と云うものは当然ながら総て条件が劣悪である。何処から手を付け伸ばしてみるかさえ容易でない。こんな時なまじっかの男だったり、夢よもう一度と追う男、プライドのある男なんかより、忍ぶ耐える心を持ち合わせている女性の方が増しでないかと思う事がある。それは、その事が最も障害になるのでないかと感ずる節々が見えてくる。もう残ったものは見当らないが、借りた大きなオンボロな家と借地、五つ六つのテーブルと古びた電蓄《ちく》だけ、これだけで食べていけるとして、この先の灯《ともしび》をどう心に持ってゆくものか、この世の中商いの道は趣味趣向は変り易く、サービスの欲求はどうなのか。この業界の情報は忘れることなく承知するために、このルートを確保しておくことは最重要なことではないか。加えて金の流れと売上の傾向、特にサービス女性からの情報などは突合してみる上で必要だった。良子さんはこの点女性からの情報は或る程度掴んでいたようだった。それに個人金融の完氏の言動は正にこの点をカバーして余りがあった。最低線でうごめく状態にあったとは云え、その事を忘れず残された手持の条件を順次組立てていったと思う。積木遊びや、トランプ遊びで崩されても崩されても、当人は初めから又序々にやり直してゆくし、段々に上部に積み上がってゆく程に、真剣に細心に集中してゆく心構えをするものである。仕事は奥行が広いものと心得、その究極を手にする職人の心意気のように、飽くなき探究心からの才知と器量を握って欲しいものである。

身体障害者が不幸を逆手にとって、健常者にまさる仕事をしている人が最近多い。驚く事実である。目の見えない人が人も羨む色彩画を描いている。立派なプロ級であるとも感じている。再生のチャンスは的確にその事実を掴み、現実の境遇に甘んじて真しに努力研鑽してゆくことではないか。

あえて云えば、私が問い質《ただ》した小学生が、分りかけているような、正論に近いことを云うが、不合理な処をそのままにして家に帰ったらすぐ又プールに行くと云う。普通はそんなところだろう、しかし倒産した商人はとてもそれでは再生の道はないと云っておきたい。それまで原因を放置した怠慢、無気力な姿勢の結果は容易に埋まりゆくものではない。私に非はなかったと云う人がいるかも知れない。しかし、それは間のぬけた努力であったかも知れない。

この引揚女に最後の花を持たせてくれたのは、あの金霞と云う幸運を運ぶ白雲《はくうん》であったにせよ、積み上げてきた苦労は自信となり、最近の力強い生活能力は別人のようだ。晩秋を老いゆく人生と疑似用《ぎじよう》に書き込んで申し訳がないが、秋は俗に金運に当り金秋とも呼ばれている事を承知して戴きたい。

三、迷　路

(1)　三世代の世相と人生観

　この道にすっかりはまってしまい、予想以上の高収入を得ていたことは確かなようで、本人とお手伝いさんの生活になっていたから、食事なんか忙しさのためにに出前をとって間に合わせてしまうことが多かった。家にも時折昔の店の近くの骨とう、古道具店の出入りが見られ、一つ二つとお気に入りの品も増えていった。お座敷に骨とうらしき品が収まると、落ち着きとか品格があって心の安らぎを覚えてくる。これなら誰しも陶然として繰り返すことになる。多少の魔性もあるように思ったりする。このほかに着物が好きで外交販売の業者がよく顔を出していた。同年輩の女性で今はれっきとした製パン会社の奥さんなのだが、戦後身につけた一つの副業でもうすっかり体に染み込んでいるらしく、趣味の延長のような程度に理解し、昔の友達を回っていた。着物の案内の他に合いの手に能楽を始めないかと会員勧誘をやっていた。良子さんもこと着物となれば、中々の目効きで近所の親しい女達《ひと》の前でもあれこれと講釈をする。これが又楽しみの一つのように見える。これらのことは五十代の女性に多い光景なのだが、六十代に移行するに及んでそろそろ体力の衰えを知ってくる。何せ今の稼業は夜が本業であるが、二十四時間起きているようなもの。日中も又常連の客足があり、当然雑用も激しく、睡眠は一定していない。こんな生活が長く続いているから、もう免疫でもあるのかとさえ錯覚してしまう。積年の苦労を心身共に受けた肉体は、流石にこの辺で糸が切れるように破錠がやってきた。それは高血圧のために倒れたのだ。幸いに全く軽いものであったが、仕事の分量を減らしてゆけばと考えたようだ。しかし、それは同時にこれからの身の処し方は付いて離れぬ心配の種となった。家人がいても身内の者がいない、悪く考えると頼るべきお手伝いさんさえ時としていない場合だってある。この年まで生きていくのに一杯一杯で、一切かかる思いに考え至らなかったが、どのようにすべきか、差し迫ったことなので真剣に考えたようである。

幸い近くに女大夫《たいふ》と云われる美粧院店主がいて、十才近くも年上だが、明治末期女学校を卒業していると云う人で、能弁、大柄で体力が勝気を誘っているように見える。気性はパサパサと歯切れがよかった。亡き主人に変り家人の結婚式には堂々と一席を弁じたと云うので、良子さんもその学識を認め師匠としていた嫌いがあった。そして、老後の生き方として概《おおよ》そこのように考えていたように思う。それは何も私の推量でなくて、知人との語らいであり、日頃の口癖であったりするが、この事になると波長を一段と上げてゆくあたり熱弁となる。「此処までやってきたんですよ。いろいろあったから、これからも覚悟していけれど、この商売まだやりようによっては続けられるし、好調なので誰かが援《たす》けてくれるでしょう。それなりの生活をしていればみんな近寄ってくると云われているし、そんなに心配しなくてもと思っていますよ。お陰で或る程度の生活資金の蓄えも出来たので放って置く道理《わけ》もないでしょ。だから、死ぬまで大事に自分の身につけておくといいんでしょ。絶対に手許から離したりしないことが大事。それは知っているのよ」。こんな調子の言葉の端し端しを聞いていると、それなりにしっかりとした苦労人の見識で理路は確かにごもっともである。この当時の世相は、食から住に何とか移りかけ、その多くは1DK、2DKに重なりあって生活をしていたし、経済は低迷し生活程度は二、三流の国と云えた。

その後、五、六年は経過するが、長男は転勤異動が激しかったが、札幌に4LDKの家を新築、長女も又転勤族と結婚しているが、何《いず》れも手助けや同居などは期待出来ない立場を確認。それではと近い縁者に跡継《あとつ》ぎを考えていたものの、条件等のこともあったものか快諾を得られず、止むをえないまま経過していたが、二度目の高血圧症による事故もあって、止むなく廃業と決意する。店舗は顧客も付いていたので暖簾代を含め一般新築個人住宅の二軒分の金額で売却し、長男の住宅に電話一本の連絡で転がり込む。階下、六畳一間に住み、近所の老人との交友を求めたものの、短兵急には親交を結ぶことにもならず、そのため札幌在住の知人と交流を持ったところ、再度共同経営で食堂をすることになり、ビール工場に近い繁華街に開店したが、簡単に仲間割れとなり、一年を待たずに売却処分し、札幌のアパート住まいとなる。その後二、三年、病院の付添婦をしたりして時を過ごしていたものの、結果として身の振り方を有料老人ホームに求め、温泉付一人部屋に安住することになる。

私は今、良子さんが老いてから駆け足で過していった、丁度六十才代十年間の事実を今同じように思慮分別すべき年代にある。この足下の踏み石をそれこそ「過庭の訓《おしえ》」とも考えて時代感覚を交流し深考してみたい。ここが確かに人生の七曲りの一つかも知れないし、重要な岐路でもある。こんな先の話を考えてみても俗に「なるようにしかならない」或いは「成りゆきまかせ」「その時の判断でよいでのはないか」「考えようがない」とか申されるが、素直に聞けない。しかし、この云い様《よう》はその昔聖人の言葉として「無為の策」と云って、なにか無の真相、悟りの世界を感じさせる世人間《せじんかん》の通り相場となっている。

この事実に対して私は全く良しとしない部分があり、少なくともその事に至る迄にもっと頭の中を整理区分して、基本的近代人間社会を承知して置きたいと思う。そんな大それた事は出来ないが、自分なりに一応は納得したいと思うし努力してみたい。昔友人が人に聞く前に、それなりの努力をしないで便宜的に聞くべきでないと主張したのが、いたく心に留まり納得していたからだ。従って、これから老後の諸問題として、同居の可否とか、老人介護、老後の資金などを理解し、己の心に納得を求めて対処してゆく際、どうしても事前に今迄の親子三代に亘る人間性の相違点を明確にしておかないと充分な理解が出来ないので、祖父母、両親、子と云う三代の性格形成とか人間性、特に物の見方、考え方について知って置くべきで、そのことが疑問符を解決し、解答する手懸りとなると理解して欲しい。

誰しも身近な先達の土のこの世における処世の数々をいや応なしに知らされ、似たりよったりの体験をして、浮世の習を見よう見真似で過して来たと云ってもよいのではないか。他人様を含め、この世の人生模様は並々ならない苦労の連続と承知している。「人生行路難し」と云って、自分の思うようにはならないと云っていることを納得していれば、何としても明治生まれの庶民と云ってもよい方々の人間性と思考性については、かたくなな一刻《こく》さが強いように思われてならない。この複雑多岐な社会生活にあって、いろいろと見聞し会話を交えても容易に一致しないばかりか、年代間の人生観、処世術は隔世の感じがあるのではないか。勿論生きている以上、老人と云えど近代の移り変りに応じて感覚的にも順応性は高く、世相の事実は確かに認めているが、人間性のあり方、姿勢はかえって極端に右傾化しているのではないか。俗に云う戦前派、戦中派、戦後派とあって、生活信条は基本的に異なっている。こんな認識をもって良子さんの老後を見ると、確かに生活の糧は十二分に確保していたばかりか、汗と苦労の結晶だったのだから、あの旅館を手離すことの無念さは図り知れないものがあったと思うし、苦労した女性だけに察するに余りあった。

何とかなると期待した後継者が現われなかった事を、どのように理解したのだろうか。この事については後日全く愚痴を云わなかった。こんな後継者問題を口にする場合、相当長期に亘る見通しがなければ、親だからと云って昔のように家のためにと強制することは全くあり得ない時世に移行していた。もっとも、この種の旅館と云えど近い将来車社会となると、相当の敷地を確保していなければ、じり貧になると云うことは当然承知していたようである。それは商い程利に賢《さと》いものはなく、同業者が林立し又離散することも早い。一般人の口の端に上ったときは下降線に入っている事が多いのではないか。売上の推移は誠に気圧計を見るに等しい。

生活資金の根拠がなくなると云う事は容易なことではない。打ち出の小槌と云った代物《しろもの》を人手に渡したのだから無理もないが、この商売は何せ固定資産に投入した後は殆ど、経常経費として支出がないこと、しかも小規模であったから相当同業者間において競合出来る体質は持っていたと見るから同情は出来る。しかも、明治、大正の方は年金制度のない時代に生きた人だから、国民年金の支給受け取りは月四万円以下なので、やはり出来るだけ元気なうちは働くようにと考えることになる。

一般的には一杯一杯働いたのだから、この後は子供の世話になると思うのが普通なのだが、なまじ相当額の現なまを所持していたから、簡単に収まる事はなかった。お金の事を取り上げざるを得なくなったので、先程の戦前、戦中、戦後派について深く理解承知して置かないと、真意を吸むことは出来ないだろう。しかも時代の推移は見事な程に変容していった。従って、この動乱期の人生模様の変転はすさまじいものがあり、この辺は特に事前に承知して置いて戴きたいので回想的に記してみたい。

人間の第二の性格形成期と云われる青少年期がこれから申し上げるような経緯の中に生き続けたとしたら随分といびつな心性を持つことになるだろう。論語に「人の生まれつきは誰でも似たようなものであるが、習慣の如何によって大きな隔たりを生ずるものである」と記されているから、人間の心に昔も今も変わりないから、戦中派と云われる私共の人生は時流に適合させるために大変な変節を求められ、求めていったことは事実であった。

敗戦の日の四ヶ月前に入営した先輩が憲兵隊に入隊し、六ヶ月後帰郷して職場に復帰したが、米軍の戦犯狩りが地方に迄その風聞があるに及んで彼はノイローゼとなり、ついには狂死したと聞いている。どうしてそのような結末となったか、その立場を考えると時局の一員としての犠牲者であろう私共も、結果的に一粒の小さな対戦の協力者であったろう。戦後においても保守的先導者で軍国、国粋主義の権化とも思われた方々が、民主主義とか申して一端《いっぱし》の行《くだり》を平然とおっしゃる。随分厚顔無恥の極みである、唖然としてその顔を見上げたことを憶えている。さもありなん、我々年代の生活環境となった昭和の初期は、金融恐慌、銀行倒産、千人に一人、二人の経済的に恵まれた大学出の方が職が無く、「大学は出たけれど」とやゆされたもの。この経済の大不況から軍備拡大と続き、支那事変、大東亜戦争、若い者の生死を賭けた国家存亡の大戦であった。私は外地育ちだったから内地における軍国調程でなくて実際問題助かったと思うが、銃後の国民と云えど、それこそ火の玉となって突き進むのだと男も女も大変な時代、思い出すと聖戦、大東亜共栄圏、八紘一宇、一億玉砕、国家総動員令など止まるところを知らない国粋主義で満ち満ちていた。国民は国家のために存在し、国家のためにあらゆる犠牲も払わなければならないとする国家主義が叫ばれ、個人より国家のほうが重要である、そして国土は総て個人の活動は全体に奉仕すべきと云う全体主義に制度化されていた。勿論人間教育の現場においても教育勅語、軍人勅論の中に当然ながら儒教的な皇国主義、帝国主義を教育の不変の真理として強制したものであって、他に対象とする主義主張と云うものについて教示された事は全くなく、それこそ知らしむべからずであったと思う。戦争に負けてしまえば、こんな主義主張を忘れ去るのに時日を要しなかった。進駐軍の実態を知り、戦勝国の寛大な対応には信じられない事が多かった。戦った相手の生命財産を概ね守ってくれたことに大変な驚きをもった。鬼畜米英と教えられ、心底恐怖を持ったことは事実であったし、見ると聞くとでは大違いであったと教えられ、更にその上飢餓線上にあった、日本人に対して食糧援助、財閥解体、農地開放など国体を改変してもらったことについて、どれ程の一般庶民が恩恵を受けたことか、負けてよかったと云う相当数の方々に同調したものである。又、民主政治と云う置き物を残して去っていったが、更に戦後の労働運動と動乱期が続き、経済成長期に入っていった。そして戦後五十年ようよう先進国の仲間入りとなったが、未だいろはのいの字程の民主政治で、内容の薄い、形だけの衆愚政治かも知れない。現に利権ピラミッド王国と云って差し支えない様相を見せ始めたが、容易にほぐれない。全くお恥ずかしいと常に眺めている。

この国が敗戦国とならず敵地に進駐したとしたら、あの軍人連中なら非情この上ない結果を生むだろうし、空恐ろしい思いがする。共産主義と云いつつも覇権主義を内包していた国の例として、樺太を占拠したロシア軍の実態をみれば実証されよう。同じ戦勝国でも中国があれ程日本軍により蹂躙《じゅうりん》侵略されたのに国家賠償請求を放棄している。この事実をどう理解してよいものか、裏と表と云ってよい程の相違がある。総ての素因は国体であり、国民性によってどれ程庶民に測り知れない影響をきたすものか、本当にこの戦争の結果、その実態を知ることが出来たことは誠に有難いことであった。

そして更に個人の生き方もどんな主義、主張、教義のことに納得して生きてゆけばよいものか、その真価を知らなければならないだろう。当然自由主義、個人主義、利己主義について歓心をもったことは確かで、どの程度承知しているのだろうか。そして、この国においてどのように消化しているのか、将来どうなのかと思わざるを得ない。それにしても、あの儒教が何故後塵《じん》を拝することになったのか。国是とも云われた教育勅語でもあり、孔子の教えでもあった儒教は、その倫理を真心と思いやりの仁、義、礼、智、信をもって五つの徳と称し、人間を越えた道徳であるとした。親への孝行、年長者への悌順とも云う父子間の親しみ、君子間の道義、夫婦間の分別、長幼間の序列等家父、権威の肯定であったが、中華人民共和国が成立して自由平等の思想によって、その封建倫理の性格を痛罵されて儒教の権威は根本から崩壊するに至った。しかし、数千年に亘る影響は深刻で、それは無視できない実態がある。現に中国幹部の日常の銘とも云われる言動は常にこの五徳の教えによることが多いように感じる。又、日本の社会においても道徳と云われることの根っ子に人間上下の思想があるとして、自由平等の基本からも全く取り上げられないことが戦後続いている。この事の是非は戦時中の実態を体験している戦中派であれば、即答は自由平等と云うだろう。しかし、数千年の教え全てが雲散霧消してよいと思われない部分がある。

戦中派と呼ばれる我々が過ごした、少年期、青年期そして戦後の中でどんな社会実践をしてきたものか、そういった生活環境の中でどんな人間となったか、又性格、性向はどうなったものかと想像して欲しい。どうしても、あの封建的制度に対しての反動的な衝撃が強かったと云える。余りにも自由平等の味を吸ってみて、世界観を初めて承知し実感したものだった。考えてみて、昔も今も主義主張は全く異なるものであっても、暮らしてきた庶民の実生活の中には親と子のつながりは、あの儒教の教訓によってすっかり根づいて、流れゆくような代物ではなかった。それだけに相当に反問を繰り返していると云ってよいだろう。

その昔、民と云う語源をたどると、国家、君主に統治される者、或いは身分の低い人と漢和辞典にある。こんな語源の民を戦後も意味もなく使うことに、いぶかしく思っている。国民と呼ばずに民を上部に置く配意が欲しいくらい、私は民は過去の漢字、国民と云わず、新しく日本の人々と云う同義語を造語するべきで、例えば、こんな字を民にとって変えて使用したらと思う。人を三つ組んでじんと呼び、このように書く「众」。略して「人ゝ」人《じん》人ゝ《じん》こんな発想をしてもよいように近年眺めているが、漢字の中で近代にそぐわないものは漢字を造語するように奨めたい。大分横道にそれて申し訳ない。まあ時代の変遷とともに人心も相応の変質があるべきというわけだ。ところで、問題となるのは次世代《じせだい》の人、戦後派と云われる人は生まれながらに民主主義、民主政治について承知しているけれど、これも当時と最近の理解と風潮では隔世の感がある。特に個人主義、利己主義の熟達度は未だ過程にあると云えるが、本当は爛熟期に入ったと云われる程にならないといけない。それだけに周囲の者は傍観的になったり、そのあり方の真価を探究しないで、一見風聞される色目鏡で識別しているのが事実だろう。

個人の集りが国民であり、よく国と国民はどちらが重いのかと比較されるが、即答されるのには時間がいる人が多いかも知れない。しかし、この答えは現在は整理されて国民が総てであるとしている。個人主義の倫理を欧米などで知ると、その本当の意味するところは、人間本来の本性に正直に生きるべきだとし、信念、信条として承知されているから、立派すぎる行動を何のためらいもなく行なっている。そう云った自己主張を理解することは、どうしても儒教の残像の強い戦中派としては、時日の要する事だろう。ところがやはり、戦後派と云うより現代派と云える若い連中は、そんな態度は見せないし、すらりとスマートに割り切ってやっているようである。その内容もどっこい似たりよったりの現代感覚である。だから、この国は混合世代と云ってもよいから実際問題どうするかとなれば、都合よく折衷主義と云うのがあり、一致しない点を無視し妥協できるものだけを結合し、体系化しようとする主張なのだから、何とかなじむような気がする。止むをえない選択として頭の隅に置いておいた方がよいし、生き方かも知れない。

されば民主なり自由、平等主義の実体を欧米の識者の語る処を自分流に消化してみると、仕事社会の規範としては、個々の人権は自由平等であるとの認識に立っていて、儒教的従《たて》の規律は一切ないから、若いとか女であるとかによる差別はないことになる。仕事社会においては成果としての実績そのものの評価が絶対である。極端であるが、能力主義で顕示主義にとらわれるから、一歩でも一段でも上に横に、そして広く外部においても、その場を求めて移り、自己を主張するばかりでなく、研鑽して能力を高めてゆくことに価値基準を置いているのだそうだ。日本式の年功序列方式を全く良しとしない。これが現代経営者感覚だと云っている。従って、四十代で役員とならない、見込みのない者は上方志向は望めないものと自覚しないとならないようだ。若い者が自分の上司として席を置くことになるから自然に外部に去ることになると云う。

こう云う自己顕示をする社会における職業人を整理してみると、風俗とスタイル文化の表現に異常性があるように思えてならないし、従来の社会風俗に反する出来事は進化してゆくのだからと広義の中で認めてゆくような心の巾が必要らしい。

こんな意外性、先見性を予測するお話として、日本で子供を持つ両親が先生より順調に習得している。これなれば期待が持てるでしょうと云われたら、普通こんな有難い言葉はないだろう。ところが、欧米では必ずしもそうでもないようだ。それは一歩先を見ていると云うか、社会構造の実態から、そんなことで必ずしも長期に亘る人生を乗り切ることが保証されるものでないと読んでいるからなのだ。自由、平等、個人主義の中にあって、どんな人間が基本的に大を成すかとなれば、一つの規格の中で暮らすような規格品はどうも頭角を現わすように思えず、かえって性格的な個性の強さに見るべきものがあると衆人が認めている、それ故に人並みはずれた常識規格外な事であってもさして気に留めないようであるとか申されている。

日本では人から云われるとおりに、格好よく取りまとめて何時もやっている。一寸したら都合のよい使い易い人間として、階段を昇ってゆくとしたものである。欧米ではそんなことではとてもとても、この個人競争社会で大成出来ないから、そんな先見性が出来たのだろう。

今風に云えば船団方式が全くない社会なんだから、と仮に云ったら何としよう。これから、この国には相当欧米方式がやって来るとしている。世界経済の中の日本なのである。

更に最近、日本でよく聞かれることに、親でも頭に手を上げられなかったのにと云う言葉があるが、そんなことは幼児期、少年期では考えられないことであり、躾《しつけ》と云うものの前提は強制である。従って、徹底してスパルタ的であって、ことの善し悪しを体に教えこむと云う必要性があるとしている。甘えや妥協的言辞はなし、共同生活の中にあっての我慢や強制に耐えることに通ずることなのだと、十分に知って置かないとならないとしている。しかも、この事は低年代層においてこそ効果があるものであり、体罰を知らない子供は全く手に負えない代物、化け物と化してしまう危険性があるとしている。

私は欧米の幼児教育とか人格形成の実態を知らなかったので、結果だけをうのみにしていたように思ってしまう。このような対処と考え方によって、それこそ人間としての条件を守り育てられていたとしたら、誰しも納得するのではないか。それ故に個人主義、自由主義の永続性も保証されるように思う。此処迄親としての責任を加付され自覚すれば、生み放しは出来ないから、幼児教育の難易度や高度教育からくる経済的高負担から見て少子化傾向は当然である。

これは別の問題であるが、こんな狭い国に一億二千万人もの人間が生活することは所詮無理な話でないか。せいぜい五、六千万人位が上限ではないのか。何時迄も経済優位の国で安定してゆくとは考えられない。従って、世界から食糧を集めてくる経済的余裕がなくなれば、生きるためとか云って究極の経済戦争の火種となり、更にいまわしい事だって考えられる。何れ世界の飢餓の渦中に立てば、自国が自給自足の国でなければ、それこそ平和で安泰な生活は保障されないのだ。過去我が国はそのような事由から聖戦と称し生きてゆくための一大戦争を始めてしまった経緯がある。

今こそ、少子化傾向は一等国の当然の責務でないかと思う。日本だけが突出して保障された経済大国であると自負しても、それは一時的虚像に過ぎない。世界の水準は序々に平準化されるとすれば、この二十一世紀中の激変する世界にどんな対応が予定されているのか、一介の四囲の者として随分と深考させられる諸問題が多い。

しかし、近い将来この方向に進むと認めざるを得ない。なぜなら政治経済は国際レベルで形成されてゆくことになっているからで、世界の中で変革に対応してゆく際、何が大事なものか根っ子を育てていって欲しいと見るべきでないか。

次に欧米人の親と子の関係、そのあり方は全く子供の成長に従って高校時代から自前のアルバイト、奨学金の利用、更に社会人から学生に戻ったりして自活の道に進み、金銭離れが起って独立独歩の道は早く、青年は自前の能力と野望を持って社会に打って出るようである。若者は当然資金援助を求めない資質を社会、同僚から教えられて努力工夫している。そのため独立、巣立は早く、個々の生活スタイルをとることを本流としているから、それだけ個人主義、利己主義の強い一家を形造っている。とても親子の共同生活など双方考えられないし、望むべくもない。ただ経済的特殊事由がある場合、例外はあるにしても年々才々独立性向は強いと云われている。日本流に理解すれば、中学時代までは親の養育義務があるが、その先はその子の資質に従って本人自身が実社会に序々に出立してゆく体勢をとるから、親子間の金銭的恩義を受けることも少なく、まるで野性の生きものの子育てと一緒のようで、一定の時期が来ると綺麗に切って離して、それぞれが生きてゆくと云う雄々しい掟が厳然としてある。何時までもベタベタとした同居、丸抱えの親子関係は存在しない。それでいて、親子間の交流は全くないのかと不信に思うかも知れないが、早い話同居は絶対しないが、交流は激しいと云う。その主体は電話によって親愛の情を深め、週に数回はしていると云う。このことは考えよう観ようによって、離れているから愛情が美しく存在し、一緒にいれば双方生き方、手法が各人各様であるから気疲れが多分にうっ積して、折角の自由闊達さに障害となると思えてならない。

最後に男と女の交りについて確認し知って戴きたいのだが、その前に私は人間として少年少女時代の人間教育の大切さを身にしみて感じているし、その頃に身についたものは中々矯正することは出来ずにいる。我々のその頃は閉鎖的で戦時中のことだから国際的感覚のない時代で、しかも国別によって差別的強制教育を受けていたし、社会も家庭においてもそのようであったから、性癖とも云えるような切り離しの出来ない感覚があって困っている。だから男女間のことを取り上げるとしても、幼児、小児、少年少女時代の躾や教育、接触のあり方が、どのように過ごしてきたかと云う前提が非常に大切であると見るべきだろう。欧米のような完璧な自由、個人主義下の家庭における実態は相当徹底した話し合い、激論を繰り返し、それは幼児期から行なわれ、自己主張の云い分をきちんと云い切り、又強い立場にある親と云えども十分その主張を聞き、同等な展開で進められるので、母親としても仕事以上にきつい思いがして、その事を思うと気が重いと云っている。それは日常茶飯事であったりして、居間における家族総出の議論、論争をトコトン話し合うことが多い。この時相手の嫌がること、触れて欲しくないことに触れない、とか云う日本式な上手な付き合い方だと云う考え方は持たないし、隠し看板なしの心の中を総て吐き出して、相互のわだかまりとか不満を云い切ってしまえば結果はともかく、それなりの効果があり、その積み重ねが十年以上になれば、その親子関係はそのようなスタイルに体が染まってしまうものらしい。それに、感心することに学校の教育の中身であるが、日本ではその昔講義が百パーセントで討論式が全くなかった。本来教育の現場は極言すれば、いろんな見方、思考性があるから、また一つの論点について討議は多面性があるから、学問の広さ、興味、深度などに重点をおくべきで、講義で足るとしたら、そんなものはプリントを渡して読んでおけと言ってよいのではないか。そして教育の現場はおおよそかんかんがくがくと相互の見識を確認すべきである。こんな教室が欧米に絶対的に多いんですよと聞かされた。

こんな国だから家庭の中はどのようになっているのかとなるが、子供に全くの自由さと云うものがなく、常に自由の限度をチェックされて、それはよし、それは駄目と常にチェックを受けているようで、個室とか電話などは勿論、幼児から年齢的に秘密を持ったりすることよりも自由解放的に公言して、己の主張と社会の勉強と実行を図る課程を家族間で協和してゆく姿勢を見せている。もっと平易に云ってしまえば、幼児期からお互いに胸の内や不満とか希いを十分おしゃべりすることを訓練してきているので、家族と云う共同体の中で日本的個独的な狭い了見にはならず、オープンに生きる、広い社会に生きていくのだからとしているし、社会そのものも開拓者精神がまかり通る場であるから、何も個室に入る必要がとうになかったし、そんな思いなど考え及ばないことになってしまい、すっかり正々堂々生きていくことが身についているのだと一応は納得をした。独立独歩の歩みが日本より数年早いと、このように親離れ的感覚が前に出て、巣立ちを前提にした十代の歩みは、内容的に意欲十分なものとなるのではないかとみてしまう。どうか皆さんも我が子が小学生の高学年の頃、「中学を卒業してからは、自分の人生は自分で考え、自分の力と判断で生きてゆきなさい。勿論必要なお金も自分で働いてゆくのです」と云ってみて欲しい。そのような提案をして討論してみる決断は出来るが、どんな結着、結論が待っていると思うか。けだし、双方にとって意義ある提案でないか。しかし、それもこれも社会周囲全般がアメリカさんのように乾いたと云うか、辛口の社会体制があり、環境がなければ容易でないと思う。

こんな国民性だから男と女の交りは、これ又人間の生地《きじ》を自然のままに織り込んでゆくようにみられる。女だからと云うより性差別はなく、引け目もなく、対等に接している。だから愛があり意気投合する機会に性愛を結ぶことになっている。従って、高校生時代において性体験のない者は殆どなく、愛し合っている仲であれば当然だという気持ちが強い。それだけに性教育の実際をよく理解していると云う。又、結婚前に同棲することは意外に多く、それは相手を正確に確認することが出来るための方便であるとしている。結婚は古い日本式な感覚でなく、別個の人格者として、個性をもった共同生活者として、理解しているようである。そのために各人は結婚後も人生に夢を抱き、経済的に独立している。その割合は五割を超え、本来の職場を持っている。個々の自由意志を尊重することをそれこそ金科玉条として考え、この世における生活信条の第一は自己尊重と愛情の確認交換を最も大事な柱としている。従って、仕事の合い間であっても、この事に気を使っていて、日中数度の電話交換を持っており、単身赴任などは到底考えられない発想だと云う。

こういった自由平等は一九五〇年代のウーマンリブと云われる女性解放運動により、完全なまでの民主的自由平等社会が醸成されて、現代に至っていると云うが、今から五十年も以前の出来事なのである。そして、考えてみると十五、十六世紀に始まる自由主義は闘争筋金入りもので、この自由放任が経済社会の進歩発展のうえで、もっとも重要な要素であるとして、世界的に受け入れられているから、この主流を私共の天慶として社会生活を続けることに何のためらいもないとしなければならないだろう。

従って、このような時代背景を念頭において戴き、良子さんのように、主人公のように明治生まれの戦前派はどうであったかと云うと、士農工商の武家政治から王政復古、貴族身分の創設、官尊民卑の弊風、封建気風が強い風土に暮らしたことに加え、帝国、皇国、軍国主義の束縛があり、全くの従《たて》社会に殆ど無抵抗に忍従し、追随する暗黒社会と云いえた。しかし、それでも国力増強、国威発揚とか精神的蛮勇を鼓舞し、四等国より一等国へと愛国心の高揚を図った中で一般庶民は社会秩序を儒教にありとする、家族制度封建社会の決まりを良しとして止むをえない生き方をしたとしても、すっかり明治生まれの骨格を持った女となっていた。

大変長文で三代に亘る幼児期から少年少女時代そして性格生成期における時代の変遷についての相違を知ってもらったが、まだ起りうる今後の方向にも当然触れておいた。これからやってくる社会生活のうえで、基本的にどう受け取り、対処すべきかと云うことだが、このことを理解していれば、当然の帰結と承知するであろうと思うし、少なくとも一つの見解として多分に尊重しなければ社会は成り立たないだろう。どうぞ無理ない経緯がそこにあったのだと理解して欲しい。これからの展開も多少はこの辺から吸収し、気転利用し、推考した事は当然である。

(2) 親子の同居は自然な道理となるか

或る日、良子さんより「旅館を整理したので、お前の所に同居したい」と云ってきた。余りに突然のことだったので、一刻どうしようと部屋割のことが頭の中を駆け巡った。それにしても、来ることも早くて一週間後には戸口に立っていた。

私も多分にそう云う処があるが、明治生まれの方は独善的な手法がみられる。それはこの世の手法が決っているからだと思ったりする。だから何の疑念ももたずにすらりと入ってきたし、我が住み家として、悠然とした安堵感をもっていたし、その様子はこれで良いとしたものであった。幸いに四LDKであったので、部屋割が出来よかったものの、事によったら非常事態発生となる処であった。受け入れる方もこの当時、当然の道義道徳として人の道であったと思うし、謗言《ぼうげん》の入りきたる程世状に余裕はなく、当然のあるべき姿として落着した。

この辺の感覚はその後時世の推移と共に隔世の感があるが、それだけに不調和音を聞くことも誠に多い。私もこの手の体験者として、随分とその後の取り組み方について気に止め、折に触れ三十年近く、その心の思いを探るようにしていた。何もその事ばかりでなく、巾広い老後全般に未知の世界であっただけに、或る意味で真剣であったと云える。人間って、一度どうあるべきかと疑問符を付けてしまうと納得するまで承知しないもので、特にこの身にとっても誰しも避けることの出来ない、老後の一本路であるから、どんな具合に通り過ぎるべきや、私は心学者でないが道話としてとりまとめたいと、幾度となく心に期する希いであった。歩道に一人手籠をもって一服している老女や、福祉施設に身を置く方々に仲間の心境を拾ってみると、概ねこんな事であったし、私を見も知らぬ同年代の人と云うことから、或る意味の先輩としてる何時までも尽きないその思いを、力一杯説いてゆくのが常にある。「私の腕一本で大学を苦労して出してやったのに、この始末ですよ」「教育を受けた兄の長男が責任を持つべきだ」「教育程度の高い子程冷たい仕打ち」「親と同居するなら私（嫁）としても覚悟したい」と云われ、その結果をもたらす。現状維持、同居、夫婦別居、離婚となることから身を引いたとか云われる。こう云った巷間伝えられる老後の身の処し方は、考えるならば人間本来の生き方はどうあるべきかと云う基本理念に戻ってしまう、親と子のつながりは二世、夫婦は一世と俗に日本では云うが、決してそうではなく親と子は親離れしてからは、他人的感覚で処してゆくべきであって、温情溢れる仁義をもって終生あるべきと云うことは、双方にとって不幸の始まりと自覚すべきことかも知れない。何故こんなことを云うのかと聞かれると、私の体験として、自分が長男であるという自覚が自分の生き方に徹底した職業人としての気迫に欠ける、甘さが生じたと云う反省がある。

　これからのこの世は世界の動向と経済の渦の中で回ってゆくから、日本的な慣習は全く通用しないことになり、親の七光とか云うことも同様となれば、すべてご破産と考えてみることだってある。冷厳な二十一世紀として対処すべきだろう。それでも承知しないだろうから、もっと申し上げると、人間は本来個人個人が独立独歩、相手を尊重して我が道を行くもので、親、兄弟、仲間を信頼してとか依存をしてゆくものではない。信頼も出来ないのかと云うが、それは尊重する程度でよいと西洋人の自由、平等は応えているように思う。どうしても個人の尊厳、自由主義を何よりも大事にして、平等、開拓者精神の通用する世界の中でお互い戦っているもので、協調するために生きているのだとは考えていない。己は己のために生々努力しているのだと云っているのだ。

　親と子は上下の関係にあると考えると角がたつ。私は男性なので同年輩の男性の方々と親子の間をお互い話してみるが、殆どの方が容易に人生観とか処世術について見解が違っていると云う方々が多い。中には全く感情的に離反していることだって聞いている。世代が異なると当然ながらこうした結果が生ずるのだと理解しているけれど、それについて人間は感情の動物としているから、それで良しとはしないだろう。しかし儒教的感覚を捨てるならば怒りも収まるのではないか。そして対等の人間として、個々の生き方でしかも常に訓練されていれば、その距離は近いものとなるのではないか。私の好きな福沢諭吉翁の「人の上に人を作らず」と云った古語がある。

儒教は二千年も以前の社会体制下の賢人孔子の教えであるが、近年の教義、主張と論争しても根本理念に片手落ちの感がある。人間個々の人格をどう見ているのかとなると、全体主義的な丸く収めるように、天下国家、社会、親子、夫婦、と上下の規範を定めていると云うのが曲物であった。この事によって完全な従社会、世の中全般が歪められ利用されて封建的実社会を形成したと云えるから、こんな暗黒社会は金輪際ご免と云うことになる。従って、その根底となることは一切立ち切ってゆくと云う、個人主義、利己主義をとる現代世界観となっているのでないかとしたら、当然これからの社会の展望は見えてくるのではないか。同居の話がこんな処まで持ってくるとは思いもよらなかったが、基本的な考え方を心に止めて、さっぱりしないとお互い周りの者達に迷惑をかけることになると思うから、少なくとも自分でこの胸の内を整理整頓しておくことは、長寿の秘訣の一つかも知れない。

(3) 老人介護の根底を探る

家人の和とか熱い家族愛を願っている旧い老人の観念と思い込みがあり、この家で一生を全うしたい、或いは死の床は身内の手でと思うのは条理だろう。いわゆる人の手を借りる介護について、期待する親身の介抱が出来るものかどうか、介護を受ける者は受身であるから、左程の注文はないと思うかも知れないが、とんでもない。何せ病人である以上、痛い、苦しい、病人なるが故に無理難題の連発があり、際限もない言葉が飛んでくる。介護する者の方は一人では持て余し、家族総がかり、そして職を辞しての事だって始まるのであって、序々に昼と夜と重なってくるから容易ならざる次第となる。こんな想定は当然ながら、これ以上の事態が突発的に起きるから、この結果どんなことが起こるかと云うと、老いたこの先短い病人は思い通りの手厚いとまでゆかずとも、ある程度のことは期待しても、その思いは殆ど無理であろうと云う。このような家庭介護は三ヶ月から六ヶ月続けば良い方で、そのうち親子であっても、嫁御であっても、時にはと云うより常習的に繰り返す、こんな情景は何も珍しい事でもないとしている。或る新聞には自宅で介護する母、サトさんについて暴力を振う自分と葛藤を繰り返してきたとある。おむつをしても五分おきに行きたがる。おむつの時もじっとしていない、おとなしく聞くことができない。「何よっ！」とお尻に手が飛ぶ。思い余ってつねり、お尻に残るアザを見ては悔やんだと云う。他にもっとひどい事になると、「死んでしまえ」とののしる罵声が大きく部屋中に響くことや、足蹴りなどもあると云われている。これらの事は介護専門の識者の口から出ていること、更に社会評論に述べられている記事として紹介されているから、そのように理解してよいのではないか。随分以前から素人の家で介護を長期間行うことは無理であると異口同音に云われている。しかも、時によっては介護心中なども知られる事実である。介護は女性が殆ど主役的に当っていると思うが、最近は男性である連れあいが、本腰を入れて介護している事も報道されている。取り上げる程多くはなく、家事労働の分担と云う方が多いのではないかと見ている。実際に介護していない者、又その意志のない者程勝手気儘な要求を仕出かす風潮が強いと云われている。ともかく僅かな期間より、手に負えない介護は期待できないとしたら、無理に同居介護と云う双方にとって負担の大きすぎる、余りにも得るものが少なく失うことが大きい、こんな有様は避けるべきで、将来に亘って子の親に対しての暴言が、一生を通じ大きな汚点として残るとしたら、気持ちの置き所はないだろうし、これだけのことを承知のうえで、同居介護を望むことは限界があるから、事前の手当と覚悟が必要でないかと申し上げたい。されば、どのようにするのかとなれば、これは死の迎え方にも関係するので後述してみたい。もっと厳しいこの世の悟りを拓くべきなのだと考えて欲しい。

こんな厳しい介護の実体があるとしても、世の中の経済情勢が変転し、バブルがはじけ経済的に不況となると、これ又入院先の老人病院の諸経費も高騰し、手に負えない事態となれば、大変なこととなる。私もこれから先母の入院が幾年も続くとなれば、我々の老後の資金にも火がつくことも考えられるとの懸念もあった。私自身も相当介護に本腰を覚悟しなければと決意も新たにした事を覚えている。

一般的に云って似通った残酷物語は今後一人子の時代、二代目夫婦が四人の親の介護を間の当りにした場合どうするのか、二人が共稼ぎし収入を高め、金銭的援助をするよりほかに手はなく、介護は社会福祉に百パーセント依存しなければ、我が子の育児、教育的躾の問題もあり、彼等の夫婦生活を置いて考えられず、悪くすれば夫婦生活は破滅することになる。誰が対処するにしても、双方の両親のことは各両親が自分自身のこととして対処してゆかざるを得ないだろう。年を取ったからと云う甘えやわがままがあってはならない。

一方が一方の介護をすべきで、そのうえで福祉の手に身を置くことになるのでないか。よく福祉の方々と相談されてよいと思うし、結果は必ずや期待してよいと思う。その期待がないとしたら、この国に慈愛、博愛の言葉が消えてしまうことになる。

ところで、この国に二千年から介護保険制度が発足することになっていて、いよいよその骨格が示され、具体的なサービス内容が取り沙汰されてきた。当然私なんかも介護間近い人間だから、それこそ身を乗り出してTVキャスターとか新聞解説の言動内容を見ているが、その内容のお粗末なことに驚きもしたが、その施策の現場の市町村役場の担当者が唖然として、こんなことでは実行はおぼつかないとさえ云って困惑していたから、本当にそれこそ、この程度であったとしたら、長生きは出来ない心淋しい限りであった。何せ現在介護老人が受けているサービス内容の半分か三分の一になり、なお査定以上の介護が必要なら自己負担となっていて、その額が又高額であると云うものの、半年や一年なら支払も考えられるが、一般の年金受給者では全く不可能な数字であると思われた。

介護判定の基準が実態と随分と遊離しているから、健康で頑健な介護人が必要となってくる。しかし、核家族となっている現実と介護人が老齢で持病を持っている半病人が多い。従って、これらの介護人をその中に加味しないでよいものか。ともかく、この程度では、根本的に再考しないと自殺的行為を考える老人が出るのは必定でないか。

やっぱり、役人や議員の考えることがこの程度なら、最低限度生きるための希いとして消費税を八％にしてでも、安心して介護を受けられると云う、心の安らぎを与えて欲しいと決意すべきでないか。そのために次回の総選挙には、老人層三千万人の一票を統一して、消費税の値上げに行使してはどうか。老人連盟の師よ、行動あれと奮起を促したい。さもなくば、老人の未来は全く不安であり、殻に閉じこもって最低の食生活の中に呻吟せざるを得ないと思うし、それでもなお生活は破綻すると思う。

年金に余裕がないと云うことを忘れているのではないか。こんな老人の思いを忘れて、経済大国とか経済援助とか平然とおっしゃることに、老人選挙民としての自覚が湧いてくる。

(4) 老後資金の行方

さて、良子さんは同居して新生活を踏み出したが、不気味に神妙に黙然《もくねん》としていた。それと同時に心配の高血圧の方は、二十四時間営業の不規則な生活から仕舞屋《しもたや》の住人となれば、当然のように雲散霧消して体調も良くなり、気力が出始めるようになると、この環境に居座れないようだった。何せ今のサラリーマン家庭は家内もアルバイト勤務であると、日中は誰一人として在宅しないから、留守番役とならざるを得ないし、尋ねて来る人とてないから、これでは砂漠の中に越してきたようなもの。人間は人との交流がないと生活は成り立たないとみるべきで、特に女性はその感が強いように思う。朝から寝際まで窓辺の小鳥のようにさえずりを良しとしているから、その心境は分る。或る日突然に社会と断ち切れてしまったとしたら、やりきれたものでない。本来人間は生きている間、健康人として動ける間は働くように出来ていて、動いていないと病気を呼ぶだけである。当然ながら外に出て同年代の友人探しを始める。急速に親交を求めたとしても、中々容易でないことは、はた目でも分る。しかし、今まで商人としてシャキシャキの現役が、この辺の給料取りの家に同居している老婆とは、しっくりしないのでないかと心配したものである。ところが、まだまだ野心があったものか、札幌の旧い友人と交友を重ねるようになり、又突然この家を飛び出してゆく。あれれと思うだけの同居であった。行き先はビール工場の近い繁華街通りで食堂を開店、共同経営であったが、すぐ仲間割れ、一年程で閉店となった。本人は収支トントンだと云っていたが、どんなものか不明。多分造作に百万、現在の金で七百～八百万くらい、そのほかに三十万程度の支出はあるだろう。転売したとしても、その半値くらいは赤字となったと見る。この時、六十五才となっていた。

その後、一人札幌のアパート住まいで、しかも病院の付き添い婦として働き出す。どうしてその年でそのように金の上に金を積む行動をするのか、もう十分でないのか、何故そんなにまでやるのかとの思いもあった。好きでやっていることと近寄らないことにする。当時は社会的にも、その仕事は一つの潮流に乗った社会福祉の上で、必要かつ重要な内容を持っていた。日当が中々に高額であったから驚き入ったが、相当収入の高い階層でないと支払は出来まいと思わざるを得ない。その内容はとなると、体を拭くマッサージ、下の世話、食事の給仕、床ずれの防止のための工夫、話相手など日中から夜間まで泊り込みが多かったと聞いていた。しかし経験もなかった人が一ヶ月足らずで、一人前の素振りを見せながら親身であることを第一に、相当汗を流したようである。その内にその実績と人当りの柔かさを見込まれ、名指しで申し込まれるようになっていた。本人はすっかり使命感をもって生き生きとやっているのには、二度びっくりした。時に我が家に顔を見せ、好調な仕事と大枚の日銭に気力感が顔一杯にあり、満満としていたばかりか歯切れもよく、てきぱきと病人との対応を得得と話してゆく。「もうこれ以上ないよ。やめられない仕事だ」と云っているようなもの、益々元気で油の乗ったカツオのように飛び跳ねている。いやはやと煙に巻かれるすごさである。なんでもベッド上の病人は、殆ど家人の見舞が薄く、愛情に飢えているため、付き添いの者にすっかり、すがっていると云ってもよく、しかも資産家である。時によってお礼の線を超えて大きな大きなプレゼントを口にしてしまう婦人もあると云う。そう云って二、三の例を具体的に語っていた。知らない世界だ。或る婦人が陽の暮に合せたように息を引きとってゆく。家人は間に合わず付添い一人だった。母は気持として死に化粧と一寸した薄紅をつけておいたところ、駆けつけた男性の家人に貴女《あなた》がされたのですかと云われ、その目でお礼を云っていたし、感無量の表情であったと云う。何か今迄の付き添い婦の親身の手当を評価してくれたような気になって、その対応が心に残っていると云っていた。

こんなことを三、四年近く、七十才近くまでやっていたことになる。それで腰を傷めたためについに断念することになったが、最後の最後まで働くことに懸命で体当りであった。それだけに、その仕事の中に張りを見つけ、手一杯納得して暮していたように思う。見上げた心意気であると感じているし、これが仕事人の真骨頂でないかと見ている。或る時、「私は計算違いをしていた。それは、こんなに長生きをしたことである」と云った。何故こんなことを切り出したのかと云うと、それは随分と後々の事であったが、資金枯れとなったことが挙げられる。お金、お金と続いたので、その締めくくりをしたいと思わざるを得ない。その昔、明治、大正の方々は銭子《ぜんこ》、銭子《ぜんこ》と云って小銭を握って血と苦と汗の日銭を、しみじみと見つめた苦労は十二分に承知していると思う。こう云った体験をもつ今の老人は、老後の資金をどのように取り扱っているのだろうか。もっとも気のかかる事柄ではないかと思う。

良子さんのあれ程余分にあった老後の資金九百万円、現在のお金で八千万位を二十五年で使い切って、なお不足の状況となった。しかも、私としても葬儀、その他のそれまでの諸費用を内輪でみて六~七百万円を届けていると思う。何故にこんな仕儀となったかと一口に云ってしまうと、現役を離れて山奥の施設に移ったことから、昔の人が云う隠居然とした感覚を持って、そのお金を金融預金とせず一般預金に等しい預金としていたと云ってもよい。従って、時代の潮流に乗らず、列島改造以後のインフレに同調しなかったからである。作ることも早かったが、最後まで手許に残しておけなかったことに、無念の一言を残したのだろう。げにインフレ程恐しきものはないと肝に命じておかなければならない。

これからの老人は、どのように対処してゆけばよいのかと考えていくうえで、これからの手引は誰にでも、これはこうだと確実に云いきれる金融管理は出来ないだろうから、参考のために気のついた程度のことを申し述べてみたいと思う。さし当って身近な処から見てみると、家族があっても病室に通帳等を持ってくる事情のある人がいるのだが、お風呂に入ったりする時、どうしているのかと思う。病室内が必ずしも安全でないのだから病院に預けたり、大金については貸金庫に預けるようにすべきだろう。病院でも、お金を持って入る事に責任を持たないと云っている。しかし、家族を含めて信頼出来る人がいないと云うことは不幸であるが、核家族となった今日起るべき事情であって、社会問題となっている。出来るだけお金については家族一同は勿論信頼の置く人にも、その実態を一覧表として説明程度はして置くことだ。又は遺言としても手渡しして置いてよいのではないかと思う。良子さんのように肌身につけて自分一人で管理して置かず、数人に公表しておくことが不正流用を防ぐ決め手になるのではないか。勿論資金の運用も数人の合議によって、出来るだけ確実性の高い商品にして置くように、配慮すればと思ったりした。内々に一対一の約束ごとは不安さを増すことになる原因作りである。

さて、手近なお話しより人間の寿命は男七十五才、女八十三才としている。これからの残存する生命は六十五才の人の平均余命は厚生省の研究班が調査した試算によれば、男十六才、女二十才で、しかもそのうち自立期間は男十四才、女十八才となっているけれど、私の印象としては特に女性の長命は予想以上の実感を抱く。敬老施設、老人病院は女性ばかりと云ってもよいように感じる。それだけに今後二十年、三十年後の経済はどのように予想されるか、考えて欲しい。私は次のような夢を見た。「普通夢なれば夢うつつとか、夢の浮世でまた夢を見る心地であった」とか云うが、そう云うようなものでなく、割と具体的でその心配が危惧であればよいが、「夢野の鹿」のように雌鹿の注意も聞かず、二匹目の雌鹿の所に出かけた雄鹿が射殺されるような、的中悲劇伝説にならないようにと思ったりする。

丁度頃は小渕恵三総理の時代で、何でも国債の発行は五百六十兆円とか、そして財政状況は限度一杯であるものの、今までの施策は効果もなく経済不況は続き、金融機関の整理統合も総て舞台裏で処理され公的資金の投入、外国からは何一つとして理解出来ない事ばかり、実態はやはり不明のままで泥舟と云われても仕方なし、信用度は不明と云う。総て今迄のありきたりの国費の支出、そして利権構造と見られる官民の実態、形式ばかりの看板を掲げる行政改革はあっても、実行性が遅く不渡手形の連発と夢殿は云っていた。それに二十一世紀は世界の人口は急増し、一九九八年五十八億四千万人、二〇五〇年で九十三億六千万人となり、二一〇〇年にはと考えてしまう。食糧危機は到来するのか、それでも幸いに日本の人口は半減し土地の価格は下落となるが、食糧の方は相当緩和される。未だ経済大国と云われているが、東南アジアを始め世界の発展途上国の技術革新はめざましく、各国と比較して格差が殆ど見られないと云われていることから、輸出国の基本は崩れ、特定品目に限定されることになる。従って、多くの経済指数は下降し、毎年緊縮財政となり、株価は低迷し、世紀を通じ相当な数の倒産、解散が見られる。

生活環境は低開発国の生活レベルの向上により、大気圏まで汚れきり、愈々その危機を指摘されて久しい。こんなヒトコマが流れて終わった。こんな訳で一汗も二汗もじっとりと体に染み込む思いがあった。我に返って、事態は夢どころか、パソコンで見られる日も近いのではないか。

一九九九年（平成十一年）二月五日の朝刊記事に国債引き受け、日銀と大蔵否定的見解とあって、米国や自民党の一部から日銀による国債引受けを求める声があるとしている。この事は悪性インフレを起こすと明言している解説が付いている。金融機関、土木建設、不動産等々巨大な不良資産を抱き、更に国としても世界右翼の借金王国となれば、そのことをもって悠々とチャラにするもよしとなれば、日本国民又戦後に戻ってご破算で一算願いますとなり、良子さんの懐と同じで僅か列島改造後の所得倍増、漸増であっても時局に同調しなければ、大変な事になると知って戴けた筈。よって、老人だからと隠棲《いんせい》的なことは当然許されるものではない。生活資金であれば尚更のことではないか。金儲けより長く目減りさせない方が容易でないと云う。お金を無くしたり使ったりすることは簡単だ。長命で二倍となった人生だから、二倍の現役のつもりで生きたいものだ。最近は子供から自分の老後の資金、葬式代くらいきちんと残しておいてと云われないだろうか。そうは云っても、只今の日本丸はデフレとかインフレ期待の大波が右往左往して甲板を洗っている状態で、庶民の対応羅針盤は私はないのでないかと同情してしまう。識者と云えど確たることは云えまい。現に日債銀、長期信用銀行のある役員は超一流の専門家であった。しかも、以前はテレビ等で有識者として金融解説を長期にわたって担当していたのだ。或る一人の衆議院議員でさえ、証券会社の特段の配慮で利益の移し換えをしてもらわないと、損益は不明の世界であることが証明されている。余程の巨大資金と情報管理による、資金金融でなければ容易に望む展開は仕組まれないと予測している。世界経済の一還であるからと承知のうえで、目論むことは空恐ろしい思いがある。全く貴方委せの世界ではないか、と眺めている。この事は二度書き込むことになったが、生活防衛上お互い見守り続け一旦緩急の際は、最後の選挙の一票でとならないように祈らずにはいられない。

定年となり職を去ってから二十年、三十年の男と女の老後の人生を、経済的にどのようにソロバンをはじいてゆくかとなれば、資金の少ない者程どうしても無理をする欲深な面が出て、結果的に今時ありもしない儲《もう》け話にだまされることになり、知らされる我々もがっかりしてしまう。そして、自分の浅はかさをさらけ出して身上《しんしょう》をかすめ取られたと悲嘆のどん底から恨み節をせつせつと地底の叫び声のように話している。私なんかと同年輩の老年者となれば、どうしてそんなありもしない話に乗ったのかと、うかつさに乗ってしまう人間性の弱さに同情もするが、私なんかから観ると、その道の別の専門家に、不審な点はないか相談していないことでないかと思う。

その昔は大手の銀行、証券、生保には本来安心して只お委せして大丈夫と云う時代が長かったが、あのバブル期を境にして、もう完全にすべてご破算となってしまったようだ。生保とか、手数料の証券会社は消えますよと聞かされて、そこまでゆくなら今回の変革は世界の流れと同じと納得する。会社は高い情報を提供と云っても、それは小口の庶民には遠い存在ではないか、そして、あったとしても他に提供するだろうか。そんな甘い体質があるとは信んじられず、それなら、あの時証券に特別口座云々と騒がれ、その後の対応はと思い起して欲しい。ともかく、当然ながら会社は手数料商売だから、大なり小なり云われるままに道義上問題のある株でも売ってきましたと元証券マンは云っている。手数料商売だから何んでもかんでも売るのである。手数料でなく、利潤の歩合であれば多少の確かさはあるだろう。それでも不安だから分散するのが普通だと思ってしまう。情報は単なる情報、総ては本人の幾つもの情勢判断だろう。極最近は、高い手数料は不要と云っている会社も現われ、この手法なら取引は数倍になり活発な動きが想像されるように思う。こうなれば計算の合わない生保、証券、銀行なども淘汰されてゆくだろう。この処この業界変動が激しく、洋の東西も入り乱れ、容易な沙汰ではない。信用、実績を掴むことが容易でないし、離合集散が定まらない不安があって、静観の方もいるだろう。それは賢明な方と云える。未だに日本には消費者を保護する金融規制や取引ルールが法整備されていないので、随分と不利だろう。仮に作っても外国とは比べものにならないだろう。何時ものことなのだ。

さて、この世は正に不景気ご免と手を上げ、アンケートは景気が第一と云う。何時も何時も好景気を要求する。一にも二にもこの期待に沿った経済施策をとるだろう。そして、それは経済の拡大を意味し、低成長から高度にと際限がない。この事は十年、二十年、三十年と続くのが普通だから、さすれば昔の貨幣価値はなくなり、手にするお金は半分となり、三分の一となるだろう。それが経済の実態なのである。それで、国の借金も銀行の借金もおよそ目鼻がつくだろう。まして預金に利息をつけない国だから、これはまだまだ続くだろう。この国の人々、選挙民は国政の失策に対して全く反応しないばかりか、怒りさえ直接表わさず、おとなしいこと小羊の如しと見るが、際限もなく悲しい限り、ぎりぎりの小さい家に住んで中流意識が強いとは、もう兎の昼寝か。貴方委せ、放り出しは大変な世の中になる。その事よりも現実に戻って、老人はさりとて、どのように対処すべきか、この半分となり、三分の一となるお金の価値をどのようにしてゆくのかと聞いてみたい。誰しも単刀直入に金融商品に出入りするが、当節は元本は保証しないようで、低金利なら安全性の高い債権もあるが、本当に様変りしているのではなかろうか。このような移り変りは、良子さんの体験そのものでもあった。そして、食い潰《つぶ》すようであっては、これ又同じ思いを辿《たど》ることになる。何せ八十才、九十才となれば中々に長命である。それは難儀なことと思うだろう。

しかし、そうでもないのである。生き方を変えればと云いたい。何せ経済は人によって千差万別。どうするかは個別の相談となるだろうが、基本的にはこれからは経験、能力、探究心のない者は海千山千の金融の中では罪を作るようなものと承知してよいだろう。短期ものは、早く云ってしまえば相場であり、ばくちとも云えるもの、生活に響くような勝負をするべきものではないだろう。せいぜい三割が限度として置こう。それに、云ってしまえば銀行、証券会社は前科者、心してかからなければ、けつの毛まで引っこ抜かれる相手であることを承知し、目配りが大いに必要だろう。どうしてもと云う感覚の方は長期の資産株としての保有は認められる思案である。そのことよりも、各人が今まで育ったその道で生きる事が一番である。この世の中、広い対応があり、暖かみもまだある。その人、その人にあった生き方を求めるべきではないか。泡銭は消えるもの、生活レベルを切り下げると相当の耐久性、対応性があると私自身の経験、体験上申し上げられる。先ずは健康的に男も女も何時までも働くことである。出来れば金銭的に多少の実入りがあれば最高だ。それは真剣になり、心身共に隙がなくなるからである。

もっと場面を変えて、こんな世界となり日本となったとしたら、どんなことになるだろう。何せ世界六十億の人口と、二十一世紀半ばには百億近い人口密度となり、世界の資源は、環境はどのように保守すべきか、強力な協調と投資が持続されるだろうか。それにもまして手前の国の税金消費税さえも云々されていることから、どのように収支を償うことにしているのか、景気回復の一点張りで将来の青写真は一切見せることがない。このような日本の現状に今の選挙民は心得違いをしているのではないかと思ってしまう。政治、行政は自分が行なっていると云う目を持って、自分ならこうすると云う気持があったなら、当然選挙時に政治交替の常識があって然るべきでないかと思う。たとえ選挙に行ったとしても、そんな政治判断をせず、棄権と同様の貴方委せ、利権国家を良しとしている。近視眼的に当座の身の廻りだけの消費税に目の色を変えることはおかしい。

国家財政の収支を貴方はどのように目論でいるのか、そして老後の年金、福祉医療のための原資をどのように考えているのかと問いたい。長寿社会が無理としても、長命となった老人階層がどうあるべきか、政治的にも天下国家の在り方、とりわけ年金、福祉に思いをかけ、更に自分自身の老後資金の管理をどのようにしたらよいか、考えてみるのも一つのお勤めと心得てもよいだろう。今の実態は容易でないが、只一つ世界的視野で長期に展望し、短期投資運用は個人の頭脳ではどうでしょうとしか云えない。この時期、老いて後なおこの行く道に迷いが生じて、その岐路を迎えることは、当然であると思うが、最重要な同居の是非、親子の関係、介護、老後の資金についてどうあるべきか、その処方を私は良子さんより学びとった。それこそ、先生が小卒の社会実践大学出身の良子さんだから、孔子の「過庭《かてい》の訓《おしえ》」とは参らないことは、はっきりとしている。こんなことを申し上げても、物の見方、考え方は人様々であると一言付言して、どうぞ陽当りの良い道を撰ばれるようにと念じていることは勿論である。

四、老いゆけば

(1) 老いの坂と現役に生きる

良子さんの二度目の高血圧症による倒れ方は、火の仕末とも関係があり、町内の方々の心配もあって、それを越えての継続は出来なかった事情がある。人間は何もせずに生きることは無理であるが、体が承知してくれないとなれば、これは又別問題である。そして、その高血圧を乗り越えて三度目の挑戦をしたが、今度は職業病であるとも云える。腰痛を持つようになっては矢も折れたと見えて、いかな気丈な女《ひと》も鉾《ほこ》を収めざるを得なくなったようだ。時に七十才に近かった。

その頃は一九七〇年後半であるから平均寿命は女性七十才と一寸くらいだったろう。だから、良子さんも寿命一杯働いたのだからと云う満足感はあったと思う。当然ながら、あとは余命として有難く使わせて戴くと神に感謝したのでないかと観る。大変重要なことなので反覆すれば、近頃は女性の平均寿命八十三才と云われているから、この年代まで現役で病院の介護専門員として働いていたのだから、只々一般の方々も驚異の観念を持たれると思うし、このままで生きると云う事に一つの別格の信念を持っていたと云ってもよいのではないかと思う。ある意味で敬服するし、私もその様にありたいと思ったり、時にはそれまでせずとも余裕のある老後を過ごしてもと考えてしまう。老いてからの生き方には、いろいろありそうであるが、良子さんの生き方が庶民の大道のように思えてならない。五体満足のうちはともかく本業に努め、高血圧を克服して更に介護の道に転進、心意気を持って、物心両面に充足感を持つことが出来たうえに、更に多少でも人間土壇場の心理と介護愛を知ったことになる。有難い選択と云ってもよいように思えてならない。そして、老人となったその陰に死と云う次の間が控えていたことも、病院内の明け暮れの中で納得して見送っていたことになり、心の仕度と云うべきか、悟りとしての理解を深めたのではないか。そのようにお話しするより、私は良子さんのその実践した生き様から、どのように老後あるべきかと云うことを掴んでいる。乞い願うなら人間は生ある限り働き続けたいものである。余生が長過ぎるから、半端な覚悟では埋まらない。頭や体を更に一層使うことによって、健康が保証されると知るべきである。五体に鞭を打ってと云うより、老人は五体と相談し多少無理でもやってみる心構えが必要。余り手控えていると、かえって心に甘えが生じて成すべき事に生彩がなくなってしまう。人間を一つの機械と見れば、我々は時代遅れの代物であるかも知れないが、それだけに常に潤滑油をさして、運転していないと錆《さび》が生じて動かなくなってしまう。どんな機械でも使いようがあるものである。最悪の場合、良子さんのように誰にでも出来る看護、介護の方に転じてもよいではないか。人間は何のために生きているのか。生きると云う事はどんなことなのかと問われることになるが、良子さんは只生きている間は一生懸命働き続ける事だと云っているように見えた。しかも、後年、神の天恵か、当時手持ちの金は、現在の価値にすれば億近い金銭を手中にしていても、機械が故障し、狂いが生じるまで働き通し、その後私が介護の後見者として彼女の人間としての人格を判断し、その対応にどうあるべきかと考えた場合、納得し、本人の意のままにと決意を新たにしたものだ。人の生き方は徹底した人間としての働き方の中にあって、私はその極めつけを観た心地がする。

良子さんにはこれと云った趣味はなかったが、お茶を大変選んでいたから茶の好みは半端のものではなかった。それと着物に尽きると思う。小生の方は四十年以上になる油彩と囲碁（五段）、そして退職後に始めた十数年に及ぶ小説創作にあるが、どうも正直の処、良子さんの庶民としての大道の働きづめに負い目を感じ、一歩も二歩も道を譲り敬服してしまう。それは人間としての心根《こころね》に一本心棒があって、そこまで徹底していて平然としている様は誠に明治の女と云えよう。どうしてそのように思うかと云うと、人となりはその時代の環境が作ると云うが、その両親は佐渡金座の下級職員から明治初期庶民金融を業としながら漁業に転職しているから、封建社会の中に生まれ育った方々の従の社会にたっぷりと従属していることになる。嫌いも好きもない只与えられた中でのもがきにも近い枠の中の成長であった。そこで人間として生きてゆく基盤をどう捉え、どう理解したことか、これまでの足跡をたどれば運否天賦《うんぷてんぷ》と云った生き方も確かにあったが、どんな事をしても生きてゆくことについての自信は、それこそ盤石《ばんじゃく》の重みがあった。それだけに、仕事に対する情熱と思い入れは何事によらず高かったように思う。

人間は万能ではないように思うから、手慣れた好きな好奇心の起る仕事にどうしても体が向いてしまう。たとえ、それに反する仕事であっても、物に対する姿勢にはそんな欲望があって、何処かに生きている場合があるし、意外の発展を見せることだって現場にはあるものである。ともかく働くことと、何処まで何時まで働くべきかと考えてみると、戦時中私は東北帝大の民法学者より講義を受けたことがあった。その中で、帝国ホテルで起った民事事件についての法律解釈を興味深く拝聴したが、何故か事件より帝国ホテルの建設と、あの関東大震災にも生き残った堅牢さに魅かれ、確かに脳裏に記憶していた。およそ建築設計者であり監督者が外人のライトさんであるという程度は承知していたが、近頃彼の功績を知る機会があり、再認識をした。九十三才の高齢者で、世界の建築設計の第一人者として現役で倒れたと知り、感銘を受けた。当然ながら順風満帆でなくて、性格的に個性が強く、私的にも天真爛慢の性行が強かったらしく、三度の結婚とその内一回は二人共不倫のうえの逃避行であり、世の糾弾を受け、都合三度程の挫折と長期の低迷期があったものの、八十代に超近代感覚を加えて鋭覚的才能を再び開花させ、世界的名声の中、現場の中で昇天したとも云える。又、日本人で最近急死した版画家、受賞作家、映画作り、陶芸家など多才である池田満寿夫さんにしても、天性の芸能一般の才能に切れがあり、常にこれまたフランク・ロイド・ライトさんのような生き方をしている。これらの故人は生きてゆく人間として、こと己の手仕事に対しての飽くなき探究と闘魂は、これ又至極の領域にあったものと思料される。この人にしてこの努力、私は一芸をもって良しとしたが、何れも死の間際にあってもその才能に火をたきつけていたようにも思うから、もうそろそろとか、この辺で楽隠居として居を持ちたいとか云って代を譲る事は良しとしても、全く離れる事もないと思うし、その手仕事の究極を更に求めて現役を続けるべきでないか、生涯現役と云われる人が多い昨今、それは当然の成り行きで老人の誰しもが挑戦すべき第一の坂道でないかと、強く言い張って置こう。

(2) 老いることの自覚

老いると云う言葉の感覚を実際に自覚してゆく課程はどんなものか。これはやはり、本人自身の体験を通じて具体的に知ることが一番だろう。この場合、良子さんの体調を知るより微細な徴候を筆にすることから、小生の実証をもって説いてゆくことの方が適切かも知れない。

私は四十八才にして心臓弁膜症と云う慢性の持病を持つことになり、医者より筋肉労働や過激な精神疲労は直接体に響くからと二度、三度と指摘を受けている。それだけに、体質的に一般の方々とは相当のハンディを背負っている。だから、今七十才前半であっても、八十才近いかも知れない。良子さんに見習うならば、未だ現役の事務所を持っているべきものを、それが多忙の確定申告時期、病気の延長と見られる症状が突然に現われ、皆様に迷惑をおかけすることも出来ず、閉鎖するに至った経緯はあるが、そんな体であっても医者の云っているとおりの保守専一で、只この身を内々にして御身大切であっては、とても生きられるものではない。多分に軽い作業、例えば庭仕事や軽い畑仕事を楽しむ程度はしている。こんな状態の私は五十七才で退官しているが、よく云われる還暦と云っても特段の変調はなかったし、六十五才と経過しても私の五十代と変らぬ五体にあったと云える。その後七十才代に入り、確かに一年一年の年越しが容易でないようになってきた。循環器系だから、冬場に体調が崩れ易く、何かと危惧することが多く、多少の脅《おび》えもある。この雪の季節を乗り切れば、又一年生き続ける事が出来るとさえ思ってしまう心境になる。

老人は早くて八十才、九十才には杖を持つようになる。必要に迫られて、そのようにするのだろうが、私は自分自身の体調作りのために一日置きくらいに四粁程度を歩いているが、毎日歩いた方が楽に歩けるように感じている。使っていない体は全く使いものにならないと自信をもって云える。しかし、歩いている途中、時として体が一方に傾いて、きちんと直らない時があったりした。多少は横の方にずれ気味に歩いているのかも知れない。そんな時、杖があればと実感する。勿論五体の中でも頭の部分の程度を自覚して五年前、十年前と比較してみるが、序々に一、二年前と比較するようになって、相当気に病むこともある。誰しもＴＶニュースを見るだろうが、例えば板橋で事件がありましたと聞くと、以前ならすぐ東京のあの辺りと見当がついたものが、はっきりと云えなくなって情ないと自覚する。日本でも外国でも地名を承知していたのにと自信喪失につながってゆく。

私のように五体満足でない者でも、老人と云えるのは七十代又は八十代からでないかと見ている。老人であると自覚することに全くそうだと思うことがある。若い人なら坐っていて立ち上る時、なんの苦もなくすくっと立ってしまうが、年を取るとどのようにして立ち上るかと先ず考えてしまう。それは足腰に痛みを伴なうので、一番負担のかからない方法はないか、どうすれば我慢できるかなど、体の移動にはそれなりに気を遣ってしまうものなのだ。これが年寄りの本質で、体がきしむのだと云ってもよい。しかし、老人の口からは容易にと云ってもよい程聞かれない。私自身体験するまでその実態を詳しくは知らなかった。この年になって序々に体験し慣らされて、云ってみても栓ない事とあきらめ、只身近な者に頼んでみたりするが、これも自分との闘いが一番と、出来る限り我が身に鞭を打っても最少限度立ち動くことにしていると思う。来る日も来る日も同じでなくて、お天気のように晴れたり曇ったりで、忘れたりするような事だってある。しかし、この先を思うと幾倍かの忍従が待っているように思料されるから、ともかく体力造りと体を何としても動かすことを第一目標に頭と相談して実行するようにしている。そんな事をしている時、想い出すことは、老人病院では、歩き廻っていては転んで骨などを折っては大変と、まだ歩くことの出来る人を、安全第一とベッド上に生活を置くように指示される。人手が足りず、管理が出来ないからだろう。止むをえない選択と見てしまう。そうすると、全く動けない人間となり、急速に体力も衰え、重病人の様相となり、そしてそのため完全な死に体病人と変りゆく。人間は働く、動く機械なのである。その儘何もしない状態では関節はぎこちなく固定して動かず、錆びてゆくようで、人間はロボットよりまだ悪い代物となってしまう。その事実を老人ホーム、老人病院と二十一年も見続けてきているので想い起さずにはいられない。お金のあるなしでなくて、そんな期間は短くと願えば、それこそ最大限に体を自己管理し、己にあった軽作業や、シルバーセンターを通じた社会復帰などの積極的姿勢が大事だろう。何事も自分自身で健康管理が出来ると過信はせずに、他人との協調の中に一定の回転を求めてゆくなど、いろいろとその手法はあるようだ。体が燃え尽きるまで精神的炎をたぎらしてゆくことが、老死と云う問題を明るく解決する方法でないかと思えてならない。

(3) 老いてからの幸福と不幸

この世の中、ぐるりと眺めてみて、多くの社会人は定年と云う一言で、手慣れた職業と別れる運命をたどることになり、人によっては口惜しい思いがあったと思う。健康であれば、まだまだ未練のある年齢である。その昔、人生五十年と云っていた時代は永く、明治、大正、昭和中期まで続いていたが、その当時は定年五十五才であったから、現代版であれば、少なくとも七十五才くらいまで働くことが出来る計算になる。昔は人生一杯一杯働くことが定めであると承知していたし、社会の仕組もそのように形成されていたでしょうと云いたい。平均寿命がこれ程延びても、社会改造が国政の場を始めとして、その対応が全く手遅れなのである。

世間一般、社会全般が古い時刻表によって運行し、人生の乗り換え、切り替えを当然のようにやっていると、個人と云う弱い立場の者はそれに抗弁する事もなく、全く好都合とばかり、我が身かわいさもあり、年金生活に入る傾向も確かに強い。職場の厳しさは昔の数倍の密度があって、ストレスも容易でないといい、もう限度一杯だから定年までと頑張っている方もいるだろう。しかし、そういった見方、体力気力のなくなった方は一部の方で枝葉末節であると見れば、人間寿命間近の七十才くらいまで働き場を提供すべきであると云う提言があったとしても可笑《おか》しくないのである。五十代以降、給料は二分の一、六十代、七十代は四分の一でもよいではないか。どうぞ高年齢者の小さな企業者となってもよし、好きな手仕事、夢中になれる研究とか、未成年者指導、興味のある営業、販売、製造など、自分の選んだこの道であれば、肩の荷も取れて結果はより高く期待も生まれようと云うもの。もう昔の肩書なんて振り払って、往年の熟達者として社会奉仕的気持ちで貢献してよいのではないか。ただ云って置きたいことは、企業者であって挫折感の味を知らない方はいないだろう。又、これだけの人的資源を再活用することが社会にとっても一石三鳥である。働くことは病人を作らず、年輩者に夢を与え、この世の中を明るく華やかに飾ることになる。不可能な事だろうか。そりゃ五十才を超えると体に変調が出てきて、病気の一つや二つ殆どの方が体験し持病があるだろう。その事は百も承知、寿命が八十才、九十才となる女性などは本腰を入れて長寿に対応しなければならないだろう。偶々長寿と云う言葉を使ったが、もう日本に長寿と云うお祝いを呈するにふさわしい方々は、あのバブル以後は半減しているだろう。国の経済、特に財政を思うと、社会保障の期待に裏切られ、底辺に呻吟する階層が激増すると見ざるを得ない。

「働かざる者、食うべからず」と云う言葉を忘れていたが、今のこの時代は激動する経済に右と左にと揺れては庶民としては不安はあっても対応は出来まい。資金の動きは巨大資金となって世界を巡り回り、しかも資金の収縮移動を短期的に利用して収益を図ると云うことを耳にしては、とても個人の出る幕でもあるまい。資本主義の実態がここまでくると、なるほどと思うが、銀行、証券会社にしても億単位の大口単位でないと、まるでお客扱いとして実質的待遇はしていない、と感覚的に観てしまう。庶民の小口資本を集め、投資信託としても、別に元金保証はしないことになったから、悪くすればどうにでもなる。まして数年前、私なんか日本有数の証券会社に貴方方は専門家なのだからと信用していたが、元金に不安があっても担当職員からの一言の助言通知もなく、元本割れを起してしまったことを忘れることは出来ない。お客をお客として平等に取り扱わず、大口取引についてては損害を保証して、何等詫状を入れない正体を知り、日本の証券、銀行など金融全般を傲慢不遜の無用の長物と一度は言ってみたい。新生金融機関の誕生出発を期待したいもので、それにしても透明性がない事実は大問題で、投資家は今後外国の金融会社と応分の取引をすることになるのではないか。

日本の経済不安、就職難、財政難となれば各人各様生き方は容易でないし、たとえ金融資産とかその他の資産があったとしても、どのように十年先、二十年先推移するものか十分検討吟味するべき問題である。もう片手間で貴方委せの時代ではない。年老いてからお金の事で随時振り回される事は御免蒙りたいので、近頃良い方法はないかと思案している処だ。只働き、動くだけが脳でないと云っても、人間は漫然と構えていることは出来ない。良子さんは何故、換算年齢八十才近い年まで働いていたのかと考えてしまう。子供と同居することもなく、一刻間借りの一間に暮らしていたが、老人として個性的に生きるとすれば、時としてこのように一人で生きてゆくこともある。しかし、こういった一人暮らしの老人は十人に二、三人はあるでしょうと聞いたことがある。高齢となり、孤独感を味わい、一人住まいの生活をする。しかし、一人では生きていけないとも実感する。一年や二年でないから、孤独と快適さと同居して、どのように感じとったか、何よりも実体験して、どのように生きてゆくべきかを考えてみるべきで、頭の中での思案には限度がある。自分勝手に自由気ままに生きてゆきたいと欲したとすれば、それは人間として最高の誇りであり、恵まれた人と云ってもよい。そう云った思いが出来る人は、経済的に恵まれているからこそとも考えてみたい。彼女は仕事の面白味を会得していたから、八十才迄も働いたように受取っている。人間の幸福とは何かと問われて、誰しもが元気でいることと云う。神社にお参りしても、一番に祈願することは自分の健康だろう。そして、仕事が順調にとも願う。この二つの願いが幸福の始まりで、これに勝る幸福はないとも云える。仕事をしていてもその中身について、単に受動的に作業するのでなく、進取的に創意工夫を常にもって処することが出来れば、興味と希望は必ずや良い結果を招くであろう。常に何かを生み出すと云う気迫、入魂さがあれば、その道は拓かれてゆくと信じたい。こう云った仕事の中に生きがいと幸福感を有したとすれば、誠に素敵と云ってよいし、他に何があるとさえ言ってみたい。

小料理店、旅館業であっても、見ていると常に模様変え、料理の工夫、スープの取り替えがあったりする。私も多少の部下を見てきたが、従来通りであったり、改善改革の提言のない者は記憶にないし、推せん、推賞することはない。意欲のある者は上司の方をよく向いているもので、その目は期待を持っているように輝いている。ことこれ程人間の一生にとって、仕事は大切であり、幸福のための第一条件であるから、私が申すばかりでなく多くの方々特に才能に恵まれないと自称する場合、だからと云って手ぶらでいる事は罪悪であるから、出来る限り徹頭徹尾職業人として終止したいものである。良子さんもつくねんと一人間借の部屋にいるよりも病院で付添婦として情熱を持った生き方は、又立派であると云いたいし、私としても病気のため突然に定職を返上してから約十年、朝から夜遅くまで手仕事として文筆に精を出し、疲れたと云って油彩をし、囲碁を楽しむ。人間暇を楽しむより仕事を楽しむべきなのだと思う。

これは言い過ぎであるかも知れないが、家庭愛とか子供、孫にと日暮しを続けているとしたら、子供、孫にとって不幸この上ない事であり、彼等の自立自尊の妨げになっても益することは殆どないであろう。祖父も祖母も仕事、仕事と暮らすべきで、それが最上の幸せであり、健康であって、かつ場合によっては生涯現役であったと云われ、幸福な人と呼ばれるであろう。

最近TVや社会面で、今後又生まれてきたら誰と結婚されますかと聞かれることがある。半生の幸福度を測って確かなものだろう。公衆の面前では結構適当な繕《つくろ》いをするだろう。夫婦間のアンケートで殆どの方が離婚を考えたとあるから、これこそ本当で事実の告白と信じる。何故か夫婦と云っても、本来よく云う赤の他人、別人格を自認する昨今、主従的結合は解かれ、民主的な共同共立の一家であると社会共々容認しているから、自由闊達な私生活から各人各様の場が生じている。いささかも公然と道徳的な強制がないから、平行線上の成り行きが多い。しかし、総てがそんなまとまりのないことでは通用しない。そこで、結果として一方が黙認したり、表面上同調したり、忍従することになる。共同生活、社会生活と云うものは大抵そうしたものでないかと見ている。五回や十回大きい口論や枠を超えた争論があったとしても、それが幸福の総体的な判定の支柱としてよいものかどうか。若しそれをもって良しとすれば殆どの家庭生活は崩壊するだろう。自我が強くて他人の言を全く聞かない個性の持主は総じて独身生活を繰り返しているように見受けられる。今迄の日本の幸福感と云うものは、家庭が円満にみんな和気あいあいとしたものでありたいと、本来出来得ない夢物語を身上としていたから、個人的自由が一寸巾をきかすと、その対応に疲れて多少のはみ出しでも、不幸不幸と掲げてしまう嫌いがある。こんな筈でなかったとか、冷たい人、会話がないなど、いろいろあるが、冷たい目で見てしまえば物事は万事、熟成することはないだろう。やはり、広い暖かい見方で相手の欠陥、欠点をやり過し、努めて触れず目を閉じ、まるっきり好きな処、よい性格の部分に納得してゆくべきであり、反面自分も又どんどん自立成長して、それなりの功績を築き上げたり、熱中する手仕事や一芸に秀でることになれば、相手の事など眼中になく、相手がどうのこうのと云う人は余程暇を持っている人かも知れません。人は人、我は我、都合の悪い時は働き回ること。情熱を他に回して活動してみて欲しい。自ら道は拓かれてゆくだろう。お互いが敬服する一点があれば良いのだが、その努力が欲しいと思わないだろうか。勿論、黒白をつけることも人生には当然あると思う。

私は時により最近、もの書と自称している。いろいろと人様とお話をしている。特に下書などを見せて、その苦労など店を拡げてゆくと、相手方も心を開いて生きてきた一生を語ってくれる。有難いことだ。聞いてみて、多くの方の苦労は容易なものではない。本当に気が重く暗い気分になる。この世に幸福と云う授りはないものかと思ってしまう。「幸福などというものは浜の真砂の中の一粒の真珠のようなもの、本当に不幸の懐は広く、幸福の懐は狭い」と、かの夏目漱石程のお方が述懐したと云う。しかし、幸福の脹《ふく》らみや、その増幅は心の持ちようである。本当の幸福は本来物質的なものでなくて、否考え方として無い物ねだりをしてはいけないのである。人間的に働いている姿、形にあると理解して、その苦しみの中に幸福感を持てるように心を拓くことである。健康に、そして老人となっても情熱を失わず、最後まで夢と希望を描いてゆける人となりたいものだ。

(4)　老いの死は斯くありたい

男と云わず女性も体力の限界を知り、心残りもなく仕事場を去ることになったとしたら、充実した人生に感激を覚えるだろう。そして、満足感は全身を包み、この上ない喜びに浸ると思う。更に、同時に自分の天命は燃え尽きたとさえ実感することになる。こう云った念願の人生は実際問題、一部の人だと思うけれど、それに近い人は大勢いるだろう。特に野に山に、そして海を眺められる海岸線の家家にある、実際我々がニュースで知っている海女《あま》さんは、六十、七十才は普通に働いている。確かに危険であり、重労働で、冷水の中での作業である。上州名物かかあ天下と云うが、此処に住む女性はよく働くと云われている。働く風土に生きている人達は人生の勝負を知っている。又女実業家として努力した人、七転びの人であっても夢を捨てない以上、立派な人生、生涯であったと云えるだろう。前面に立つ事がなくとも、陰でより以上に土台石となった人、支え切った人も、又生きがいを持った人生と云うだろう。残念ながら、このような生き方をしなかった人は人間としては失格者であり、社会人として痛ましい悔悟の中に消滅するのではないかと思う。

こう云った立派な方々は死の床に付いたり、死期を悟った場合、殊更に延命を希む事はないだろう。かえって自然な姿での死を求め、苦痛を取り除くことだけを願い、指示するだろう。世に云う燃えつき症候群ならではの花の生涯となろう。

現在一般的に六十五才をもって老年者として取り扱われている。国民年金、税金面で老年者控除など、突然差し引かれることによって、税金面で国税は勿論、市町村民税さえ殆ど無税となってしまう。嗚呼と云う歎息が出てしまい、もう君達はお休み下さいと云って、引導を渡されたように理解する。遂に社会に見離されたか、縁が切れたかとがっくりしてしまった憶えがある。余命はどうぞご勝手にと云われても、それではと思い、新たに立ち上がってみても、それだからと云って何時までも長生きさせてもらいますと思う訳でもないだろう。適当な時期に御陀仏とさせて戴きますと現実に戻って納得してしまう。論より証拠、私は深刻に死と対決し、それなりの信念を持った訳でもないが、只何となく近寄ってくる死期を悟るものか、それとも体力と持病の積年の重みで気弱になってきているものか。それなら長期入院とならない容易な死に方をしたいと云う願望か。市役所が奨めるガン検診を六十五才より受けていない。まるで御意の召すままと云っていて投げやりでないかと云われ、「勿体ないこととして」と云われてしまえば、只黙って笑って会釈してしまうだろう。

こんな気持は、何も私だけが云った死の容認発言ではないのであって、一般に云われている老人病院に出かけてゆけば、其処に居られる老女の面々は異口同音に「早くお迎えがあればと何時も願っています」と云う。病と闘うと云う気力を持っていないのだ。只痛むことだけは困ると云っているように見える。こういう方は事実自然死の対象となってよいだろう。自然死とは老人の病いは死を前提とした診療であって、延命治療と云っても所詮無駄な抵抗であると医者も云っている。幸いと云うべきか不幸と云うべきか、老年者と云って区別されることもなく、道徳的医療を受けている。一方、この実体について医療保険会計とか国家財政とか現代若者の負担の限界とも関連し、無益であり単に延命のためのものは尊厳死と云う考え方も一方にあり、自然のままに医療手当を加えずに眠るべきであるとしたものである。

此処まで云ってしまうと先年私の読んでいる朝日新聞にこんな川柳が掲載され、私自身もとうとう云ってしまったかと、その気持を思いやった。その五、七、五はこうだった。

　老人は　死んで下さい　国のため

こんな火の車となった国に住むことから、世相を風刺して余りあると観てしまう。しかし、この作者は同年輩であると知って、私も一首作ってみた。

　その昔　特攻赤紙　死んでくれ
　　老いて金なし　早めにどうぞ

我々の時代の人なら分かるだろう。若い時同級生の志願出兵で、多くの若い者が戦場の霧と消えた。生き残った者が今又国が貧乏だから無駄に生きてくれるなと思わせたとしたなら、立つ瀬がないと云ってよいだろう。人生二度も死ねと云われては無残と云ってもよいだろう。あれもこれも政治家、軍人のなせる業と承知して貰うと、仇に政治献金など手にせずとも、早急に再建できると云う骨格だけでも示して欲しいものだ。健闘している中坊公平さんにどの様に言い訳をするものか、情ない政治家が多い。

年頃になると云っても娘さんの事ではない。そろそろお出迎えを覚悟してくる年代になると云うことだが、死に方と云うか私ならこんな風にしたいと親しい人と話している方もいるだろう。土台昔風の老女の中には死に装束を手縫で用意している方がいる。そりゃ当然の成り行きなのだろう。そんな気持から老人の死を眺めていると、こんな事実があった。大変著名な老俳優さんが、これ以上の長命は望まないとして、覚悟の死とも見られる死を選ばれたようだ。それは病気の手遅れを予想して痛さを我慢し続けて倒れ、結果として運ばれても手当に効果がなかったようである。痛さをこらえると云う人が目についたが、やはり自然死に近い手段を選ぶようである。病院に長居することは長期延命治療を受け、人間としての尊厳性を失うことに、何よりも己の名誉にかけて避けてしまいたいと思うのだ。ベッドの上で呻吟することは何より辛く、他人に醜態を見せずに花の散りゆくが如くにありたいと願って決断するのだと思う。本当に見事な生涯と感じ入ってしまい、人間の強さに言葉もない。最近、私の願《がん》かけはまず仕事中なので、取りあえず当分生命《いのち》が欲しいと三ヶ月断酒、そして更に三ヶ月母の一年忌まで断酒して、私は死にたいと思ったときに死ぬことが出来るように叶えて欲しいと言ってしまった。私も平凡な人間、得手勝手な処が多くて恥かしいと思うが、老いて病んでいる人が死なせてくれ、我が家でと云う遺言とも云える指示を聞いていて、これ以上此処に置いておいては危ない、どうしようと云う立場に遇ったとしたら、どうしたものか。人間の死に方は唯一最後の希いであり、多分それまでに相当な関係者が承知の事であるから、長期介護者は別としても本人が医者を呼んで欲しいと行動しない限り、本人の希いに同調すべきだろう。勿論かかりつけの街医者も自然死に納得して時間的調整を図るのではないか。無駄な抵抗の事実を百も承知しているから、期待してよいだろう。死期を悟るのは一生に一度、それでも自覚するものらしい。否、そのように場合によっては覚悟するものらしい。そのふんぎり、神を呼んでみる心の悟りは崇高な決別の意志だろう。永年病魔に呻吟すれば、神の導きと己の人生の終焉をこの辺りでと心の自決をする事実を知っているだけに、そう云う観念を事前に心に収めておくことも必要であると指摘したい。老人が死に方を心得ておくことは立派な態度であり、更に厳然として死期をそれとなく知らしめて決別を告げていたとしたら、これは出来過た事実だろう。それこそ人生最後の美学ではないか。印象的別れの一頁であり、忘れる事は出来ない。

こんな立派な事を申し上げたが、十年以上も前だろうか、私の耳に入ってきた事実は、日本でも有数な高僧が九十才以上の年齢であったが、ベッドの上で「死にたくない、死にたくない」と駄々をこねたそうである。そして、論客はこのように云った。如何に一生佛に誓って佛法に生きたとはいえ、人間本来の姿に戻って天真爛漫に物申したことであるから、許されてよいのではないかと言ったそうだ。同じ人間が死に臨んでかくも違った死に方をされた。何れを良しとするかは各人の生き方と納得で証明されるだろう。

五、わたすげの台地

人事を尽くして天命を待つと云う心境がある。これは老後多くの方が迎える天人無心の境地とも通ずるものがあるから、如何にも天上の空間として弥陀の心境にあるもよし、又近代的に保養休息の中に最終天寿を全うするも各人各様と云えよう。暫く音信がなかったと思っていた処、良子さんより突然有料老人ホームに入ったからとの電話があった。まあ何時迄続くのであろうと見ていたが、とうとう老人らしい安楽地を見い出したかと我々としても一安心をしたものである。

気にかかる事でもあり、取りあえず現地確認をしてこようと揃って出かける。其処は一寸遠隔地で、車で片道二時間はあった。初めての土地と云うものは、目にも心にも新鮮に映るもので、そしてよかれと云う期待感もある。日本海の荒海、白波を車窓にしていたが、国道左手の山間に入ると多少の台地となっていて、茎の先に綿のような穂がついた野草が無数に揺れていた。わたすげと云う野草で、この初秋に咲き揃うものらしい。これから向かう老人ホームと白い穂先が何故か気になっていた。原野に群れる大小の野草の飾りのない姿は、私の気持に同調し、ふさわしい風景であった。もう人間として、かみしもを脱いている方々であるからと、何事もその心境に思いやる気持ちが先立っていた。

この建物は、鉄筋二階建百名程収容し、各人八畳間が専有個室となっている。好きなサークルに入って楽しみ、その日はたまたま角力の勝敗星取表が人気の的となっていた。この辺は保養地となっているせいか、朝から夜まで乳白色の温泉を楽しむことが出来、一番の慰めでないかと思われた。女性が八割以上を占め、気の合った者同志が各人の部屋を回り舞台にして親交を深めている。此処は自分の身は自分で処していける人だけが許されているそうだ。良子さんはグラム二千円程度の茶を手にして、茶人ぶって茶会を常時持っていたようだ。多少の羽振りもよくて、それなりに人を集め、機嫌よく暮らしていたから、まあ当分はこのまま住み心地もよく続くようだと確認し、お友達の方々にも挨拶をして辞することが出来た。

此処に居を移した皆さんは一口に云って、人間模様の縮図と云ってもよく、その多くを語らないようにしている。しかし、心底は健気と云うか、強気に人生の戸締りをしているように見えてならない。一人立ちをしているせいか、差し障りのないお話から序々に会話を重ねて、親身な助け合いの小さな場が生まれ育って長く続いてゆくのだ。同じ年代の触れ合いは各人それなりに過去の激動の影が亡霊のようにあったとしても、明るい踏台の通過点として、さりげなく語りあっている事もあるようになっていた。もうあっさりとして執着のない淡々とした丹誠な姿勢であってよいわけで、しかも或る程度、金銭的には恵まれた方々が本当の意味での余生を楽しむために入園しているのだ。市とか近くの慈善団体との連携もあって、春夏秋冬の時節において賑々しくお祭りとか行事があり、無心に幼児のように時を過し、時の経過を待っている。時折知人、友人、子等の見舞、訪問があり、一番の楽しみと大事にしているようで、もう口に出して顔見せに来てくれと云っている。心の淋しさが寄る年波の上に重なってくるのだろう。子等と遠く離れていると、心身共に不調の時に思い出す望郷の念にも似て、過去を思いめぐらし思い沈む時間も多いだろう。老衰の日日ともなれば自然の道理であろう。そして、我々が出来るだけ手土産を持って一時の安らぎを共にする。当然の触れ合いであり一刻の親子の情愛の間でもある。

こういう老人施設には物珍しい食品を運ぶ業者がいて、山の中にいても結構いろいろと注文などをしているらしかった。それよりも園の食事が中々に工夫して作っているらしく、平均点以上の評価を付けていたから、これも又大きな安心材料であった。

或る時、これ見よがしに小さい優勝カップを取り上げて、この前ゴルフ大会でホールインワンをしたと云うので、皆さんの前でいろいろと誉められて気分万点であったと云って自慢をする。彼女は往時を偲ぶと北国の冬のお楽しみであった花札には殊の外特技の芸人として自信があったから、勝負には相当の血が騒いだのはないかと思う。だから角力の星取りの予想も感覚はよく、何時も上位を占めていた。いわゆる生来のものなんでしょう。しかしそれにしても、あのホールインワン賞には幾度となく聞かされたものだ。

良子さんはこのホームに都合十三年近く住んでいたことになる。その間、こんな大きな事故にも遇ったが、止むをえない事情でもあった。老いてゆくと体全体がしぼむように小さくなってくる。その頃、体重四十キログラム前後であったかも知れないが、ある日戸口の処で突風に倒れ、足首を捻挫のうえ複雑骨折となる。介護上のこともあり札幌の総合病院に半年の入院となったが、幸いに元の体となった。聞けば、スカスカとなっていて、今で云う骨粗しょう症となっていたので、仕方のない状態と云い得た。どうも相当以前から好き嫌いが激しく、偏食となっていた事は確かであったと思い返す。それにしても、この骨折から出不精となってしまい。一層体調は不調となり、序々に自分自身の身づくろいが容易でなくなってきていた。時折一人床につく事もあるようになり、我々の見舞の回数も増えてゆくことになった。

この施設は、こういった老衰の状態に入った人達は指定老人病院に案内することになっていた。その事は当人も知っていて、とうの昔にそのように手続を済ませていた。

この施設には随分と通った事になる。それだけに部屋においい出の方々やお世話下さった保健婦さんや園の方々を知る事になったり、体に余裕のあった人達の作る花畑の趣味を通して随分と会話があった。そして、我が家の宿根草との交換などがあったりして、今もなおその名残りの花が咲き残っています。数多い思い出の中で一番の楽しみは、日中温泉をゆっくりと楽しむことが出来たことです。そして、お湯の中で入園中の方々と生活振りや人生を語りあったことなど、この山間で静寂そのものの中にあった閑静なたたずまいが忘れられない印象として残像がある。

六、老人病院

良子さんが八十才の頃、風に押されて倒れ足首を複雑骨折をしたとき、私は大きい総合病院に連れてきて何とか治らないものかと入院させ、完治を願った。その後、病人の本人を通じて聞いたことは、半年も過ぎる頃であったと思う。外科と云う治療は何時までも入院は出来ないよ、一応治療には限界があり、これ以上治療しても意味がない事もあり、必要以上の治療は出来ないから、一応は六ヶ月をメドに考えているからと云われたらしい。しかし、当時の若手の医師の中には老齢者と云うことから同情もあったものか、余り厳格に考えずに退院しなくともいいよと云ってくれたそうだ。幸いに本人のリハビリ時の努力が良かったのか、大体元に戻っての退院となった。

スカスカとなった骨の状態でよく此処迄回復出来たものだと医療水準の高さに恐れ入った、と感想を持ったばかりか、病院の云っているとおり病気が治るから入院するのであって、それが治らないとしたら、どう考えたって入院の意味もなく、その指示は正しいと思う。ただ問題は、痛さが取れない病人の場合はどうなるかとなれば、入院せずとも内服することで大分緩和されるとしても、何割かの患者は残ると思う。その多くが老人とも云えるかも知れない。病院でも治らない病気は結構あるらしい。それに、老人病となれば昔からよく云う、死ななきゃ治らないのだろう。だから、何でも病院のせいには出来ない。それもこれも自分自身の運命と心得るべきか、此処までできた医療の実態に感謝すべき点が多いと認めて感謝して目を閉じることは出来ないかと思ったりする。

それにしても、国は介護の基本を今になって家庭にあると云い出してきた。それまで国の懐が良かったので、殆ど老人の場合、低額で入退院を繰り返し、時には世の糾弾《きゅうだん》を受けたこともあった。核家族がいよいよ進んだ社会環境下、大変辛い老人にとって、どんな踏ん張りを期待しているのか、と深刻に思い胸がふさがってゆきます。夫婦二人と市で提供する福祉行政の取組の中で、どんなことになるものかと不安は一杯である。ただ、ここに云う老人病院は特例によって認めてもらっている施設と云ってよいのでないかと思う。

老人病院の当初の頃は保護者の負担する額は大きくて悩みの一つと云う程ではなかったのだが、国会が開かれる度に入院の負担額は増えてゆき、最近はその病院によって隔差はあるが、私の住んでいる地域にあっては月十万から十五万円程度の入院費用は最低必要となる。勿論、これ以外の支出も当然ある。年金負担の掛金支払いの少ない方々は月四万程度の支給だろうから、その負担に長期堪えてゆくことは容易でないだろう。年に百万以上の追加を負担をしてゆくことになるし、今後又増えてゆくことになるだろう。今は病院に長期入院することは、お金持でなければ出来ない芸当になりつつある。老後、この入院経費をどのように支払ってゆくべきか、容易でないと思う。それは病院と自宅と双方の経済を考えるからである。病院の入院についてお金が必要なのですか、なんて云うのは七十才以上で病院に行っても、千円時代が長く続いたので軽く考えているのんきな方がいる。そう云う方の顔を見て苦労してきた私なぞはびっくりしてしまう。幸福な人と思ってしまう。

この老人病院は、二、三階が重症の方、四、五階が慢性疾患の患者が入院している。良子さんは当初三階に入ったものの、すぐ五階に移り、大部屋暮しとなった。流石に病院である。一般的に患者から告げられる苦情の数々は、いとも簡単にまるで一定の方式にのっとっているかのように手際よく処理してしまう。相当数の病人がベッドの上に横臥しているが、重症の二、三階にあっても意外な程静かである。時としてうめき、苦痛を伴う呼吸などが聞かれるが、これが万一家庭であれば幾度となく想像を超える不安ととまどいに難儀するだろう。たった一人の病人に右往左往する素人の介護と専門職を持って任じている老人病院の皆さんは、やはりかくあるべきであるという技量を示してくれる比較対象となるようなものではない。出来るものなら、こういう完備された専門職の手によって綺麗に苦しむこともなく、夢を見るような手当の中で旅立つ思いが出来るようにとの思いがある。

入院中の皆さんは八十才を中心とした、女性九割以上という構成は此処も又同じである。老齢者であるから明日は我が身と云えるように容態が急変することがあったり、又悪かった人が意外と好転したり、それこそ晴れたり曇ったりとそんな事を繰り返しているようである。そして、重症の階に移り、戻り又下ったりして体力を消耗し、枯れ込んでゆくようである。

病院に入院して一、二年の方は健康そうに見えて、どうしてこの方がと思う程の人が見受けられるが、やはり慢性疾患のせいか、その内に病気による症状が表面に表われ、手足にまで支障が極端に見られて、お気の毒にと思ってしまう。杖や押し車は当然のこと廊下での失禁などもあったり、いよいよの感があるが、施設の掃除は容易に出来るし、清掃、消毒はあっと云う間、特には便秘の手当も、ゴム手袋をして「一丁やってきましょうか」

なんて気合いを入れて出かける看護婦さん、朝一番の仕事はオムツ換えである。それを考えると、我々が持参する手土産も患者の口淋しさ、目の淋しさを思っての事であったが、口にする分量は少なめと思わざるを得ない。こんなオムツの交換が婦長さんの次の位の人、白帽に黒線のある六十才前後の方が専門に常時していたようだ。見習中の若い看護婦さんはしていないようだった。病院の都合によるものなんだろう。看護婦さんと云っても中々に持ち味、人間味が違っているが、ただ強烈に映ってしまうのは、気力一杯元気印のやり手と見える看護婦さんである。我々は介護と云う事態に持て余し、専門病院に手渡してきている事情がある。看護婦さんはすべてやさしく、極《ご》く々親切丁寧にと誰しも観念的に思っている。しかし、毛色の変った看護婦さんは、患者によって気合を入れている声高の行動が見られる。幾度となく見ているうちに、天使の看護婦さんがと、身内の方々は悪い印象を持つと思う。私は男だから女性に物申すことには大きい抵抗がある。その内、同年代の見舞客の女性が憤懣やる方なしとして私に同調を求めた事があった。又、私は良子さんが「同室のボスにいじめられているのよ」と彼女が一部始終を教えてくれたこともあり、彼女の母も又同様に困っていたようである。或る日、「相当やり込めておいたから安心して下さい」と云っていた。何せ体の不自由さと、多少のボケ状態もあったりして、病院の判断に本当にお任せしますと云う事で、看護の皆さんにしても職業とは云いながら、くる日もくる日も忍受一方の積み重ねであり、その心配りの必要な心労は極限に至るケースもあると思い、時として意外な叱り声があったとしても止むをえない範囲であるのかも知れない。私自身これ程の事なぞとても出来ないのだからと、かえって同情的な頭の下がる思いで通う事が多くなってきた。

これからの人は兄妹が少ないから、殆ど自分が介護、保護者とならなければならないと自覚していると思うが、実際はその衝に当った場合、その覚悟は半端なものではない。人生を変えるような事だって想定されるが、飽くまでも老人本位でなく自分本位の立場を守り、自分で出来るだけの努力をすると云う事でよいだろう。その際、長い期間支払が続くから、収入の確保が一番重要であり、他人力を工夫細工して長期抗戦の構えでゆくことを勧めたい。老人は消えゆく立場をとっているのだから、一時的に無理難題と思われる要求があったとしても、病苦からの産物と承知して後に残らないように受取り、出来ないことは一過性のものとしておけばよいのではないか。その子等のとった態度、行動は家族と身内の者は皆その実態を知っている訳で、将来自分の時は格別にこうしてくれとはならない事になる。当然、祖父、祖母のときはこうだったでしょうと抗弁される世の中なのである。

己に納得していれば天下に恥じることはないと、私も肯定してやぶさかではない。更に結果的に同居していた子とか、長男なるが故に総てを引き受けざるを得なく、金銭的にも同様であったとしても、この国の風俗、慣習はそのような定めの中に成り立っていると理解しなければならないだろう。この世の中には知っていて、素知らぬ振りであったり、手前勝手な作り事をもって良しとして責務を逃避してしまう連中が多い。そう云う心得違いの者は何処にでも居る。可愛相な輩と軽蔑するもよし、これ等の人は今後一生気持の整理が出来ず引きずって後悔苦渋《くじゅう》の心が残っているものである。人間である限り多少の良心、反省はあるから、どうぞ観ていて欲しい。まあ介護義務のある者を前になじったとしても何も得る事もなく、義憤を捨て心を沈めて、犠牲的なマイナス思考でなく、親愛の情に報いる心からの賜り物と承知して、結果的に恩返しが出来たと、その幸運を掴《つか》んでよかったと云う心の巾を持つべきと、指摘しておきたいと思う。そうでなければ心は浮かばれないだろう。

こうして暮した病院生活は八年に及んだことになる。丁度平均寿命が急速に伸びたために二十一年もの残存寿命が待っていたことになる。非常に長い長い年月は予定外で計算出来なかったと云っている。

私はこれらの事実を観て自分のように反省してみると、生存意欲が一番気になった。人間が食って眠り、テレビを見て一日を過す、人間らしからぬ生活が長く続いていては何の感動を覚えるものだろうか。生産的に細々と田畑を相手にするもよし、又間接的に下仕事をして末端の手助けであったとしても、人間として奉仕還元の気持を持って最後の最後まで甘えることなく、各自が自覚し自立することだろう。全世界の方々に大きな感銘を与えたインドのマザー・テレサさんは、あの貧困にあえぐ人達の救済活動に生涯をかけ奉仕を続けたが、特に云いたいことは、定年はなかったことである。枯れてゆくまで、体力の尽き果てる様子が見えて痛々しくあっても、なお強い信念を持って生きられた。崇高な人間性は、格別な人として扱うのではなくて、多くの庶民も又そのように心に取り入れて生きてゆくべきで、老生の我々も反省し、かつ勇気づけられるお手本であると云って然るべきだろう。

何事も適度な安息と行動が必要であるが、老生の立場にあって無感動の日々を無為に過し、美食を好み希みとしているだけの機械的な要求を見ていて、只寿命が伸びたからと云ってよいものかどうか、しかも九十、百と云うことに意味があるのかと思ってしまう。最近更に、活性酸素遺伝子によっては、三割以上の生命延長を保障するとか知らされてくると、医療科学の進歩に批判的にさえ考えてしまう心境がある。実際生産性のない人間が五割以上も占めてしまって、どうなるのかと直感してしまう。これらの事は、アメリカの医術が先行しているのが常であるが、この国の医学者の考え方は延命医療の開発を第一義に考えているので、その天上を知らないし、社会のバランス感覚を全く持っていない結果として、どんなに医療支出を切替えても破綻してしまうだろう。あそこは全国民保険医療でなく、資本興産的発想であるから、それなりの領域のうえにあるのであろう。

七、天翔

良子さんが亡くなった年は大変雪の少ない年で、こんな年は珍しいと思っていた。雪国ではこの期間交通事故が多発するので、車を運転することに自信のない奥さんは、普通ハンドルを手にしないのだが、病院との往来が忙しくなってきたので、無理を承知で頑張っていたと思う。半年前程から集中治療室の出入が二度程あったりして、予感はいよいよでないかと判断をするようになってきた。その後の予定も当然頭にあることなので、半年も前から葬儀社の方の手当も考えていた。旅先のことでもあり、テキパキと処理する必要があったからだ。遠隔地の子等にも手紙をもって見透しを通知しておいた。良子さんがまだ元気な時、私も現職を離れ、職場の協力がないから本当に身近な者数人の葬儀になると云ってみたが、「知らない人が来てみても本当の意味のお別れにならないし、生きている内に美味しい物を食べたいよ」と云っていた。このことは二、三度は聞いてみたと思うし、こんな事も云っていた。「死んでからは何事もしなくて結構、何にも知らないのだから」

と正直に云っていた。幾度となく申し上げ恐縮に思うが、死期を病人が悟る時期があるように思う。そして、それなりの覚悟を決めて、内々それなりの方向に努めることがあるのではないかと、憶測出来る感覚がある。

今から思うと二ヶ月も前だろうか、私共二人が何時ものとおり「これから帰るよ、又来るから」と云うと、今までしたこともなかったのに、手を差し出して握手を求めているではないか。私はどうしてと思うばかりか、この体にざわっと普段ない冷気を感じたものである。そして、顔を見ると、何か深く見入るような別れ方をしていて、今日は又別な感傷があるのかなと思ったりしたものだ。車の中で「どうして握手なんかしたんだろうと云ってみたりした。どうもこの先長くないように思っているが、お前はどう感ずるか」など、二人で話し合ってみた。もう少ない生命《いのち》の燈《あか》りであるらしいと確信的な気持の整理をしてみると、空虚さの中に遠い昔未だ若かった頃の、母と子の遊びの場面が浮び上ってくる。苦労の数々でなくて、数少ない安楽の中に暮した小さい頃の思いが偲ばれてくるのは何故か。安楽浄土を訳もなく頭の中で願っていたからなのか。極楽浄土に思い至れば阿弥陀仏が迎えに来るとも聞いている。この先の往生は安らかにと思い、そうだ、良子さんには相当以前に生前法名として晴閑院釈尼芳水を私が贈っているが、確かにこれからは院号のとおり晴閑として暮して欲しいという祈願を胸に秘めておく。

それから一ヶ月ばかりして夜中病院から連絡があり、危篤の状態であるので、すぐお出下さいと云ってきた。その時、私は予期していたとは云え、本人はすでにこの世との別れを覚悟して、自分で考えられる方法で、しかも短時間で死の道へと分別し、決別を図ったのではないか。それは、考えてみれば当然であるとも云えることかも知れない。すでに体力に余裕のない身となっていれば実行は可能で、しかも微熱があったりすれば更に夢遊意識の中で耐病的隠世《いんせい》と共に意識を固めて容易に悟りを深めたのではないか。そうでなければ僅か二ヶ月前のあの別れは説明がつかないでしょうと云いたい。私も、九十才と云う超高齢者の心はまだつかめていない。しかし、人間の死を招く心と云うものは人生の達人、哲人でなければ出来ないものか。否、その時における状態の中で、人生最大の決断は、人の心の中で神となり仏となって自決出来るものと判断したい。しかも、母のように超然として、その振舞さえもあったではないか。死を招来する手本として私は見てとれたが、このように引き際を飾るものか、あっぱれな最期の幕引をしたものだ、と心に染み入る限りの感応を覚えたものだ。

一方、この胸に込み上げてくるものがある。人間の一生、特に縁の薄かった亡父の死後の生活の総てを知っているだけに、女の一生の生涯と云うことが回顧的に胸に迫るのである。人の一生は悪くすると苦渋を満ちたものとも承知している。それだけに良子さんの一生に思い馳せると、天上を見上げ、慟哭の込み上げを幾度となく収め、悲しみに涙したものである。

私共は一週間くらい前に超高齢な医師に呼ばれ、病状の説明を受けていた。

「両肺がレントゲンで真白くなっていて肺に空気が入っていない。だから酸素の供給も殆どないから心臓の働きが少ない。だが、今の治療は高度に進んでいるので、相当延命効果が効いている。しかし、この患者のような状態となれば、我々医者仲間では『死の交差《こうさ》』と云って、もう死を覚悟するほかはない」

その宣告のとおりの事態となったと云える。夜の長い冬の朝、夜明けと共に出発、開院と同時に入室し、見舞いを続けていたが、途中、別室に呼ばれ、医師はこれ以上の延命は患者の尊厳と云うことも考えてみると、私共としても手当の最終段階にきていると思いますと云う趣旨を述べられた。こんな時、死の同意を求められているのだと明確に思い、闘病ではなくて老死と云う入院であるから、寿命だと思い、承知の旨返事をした。ただ私の感想として、尊厳死の書面を本人が書いてあれば双方にとって有難かったと反省している。

その後、私共が又札幌に戻っては、いろいろの手順もあるとして、生命維持装置をはずしたらしく、それは私共が席をはずして一寸した衣類の買物に出かけたときだった。病院側の手順に従って一時間後、死の面接に再度入室したことになる。その面接は短く、すぐ死後の手当が進められた。それは、死後の硬直が始まると看護婦さんの手当が容易でないからと云うことらしい。

それから葬儀屋さんが入って死に装束を看護婦さんに渡し、死出の正装が出来るまでに一時間程を要した。そこで正式に遺族との対面となる。身繕《つくろ》いというか、死に化粧と云うものは、顔のふくらみとか笑みさえ思わせる表情も、技巧としてこれ程美的に可能なのかと知らされた。誠に立派な正装で目の見張るような感じであった。それは福音《ふくいん》の訪れがあったような趣きがゆったりとした薄化粧の中に見られ、これで長きこの世の浮き舟に決別して貴方の信ずる仏座の前に坐るのであろうか。それとも好きな花花と続く二次元に在る花園であろうか。只々晴閑院として見上げていますと別れの言葉を送る。

一刻の間も置くこともなく、通夜、お葬式となったが、関係者が少なく地元でないこともあり、通夜は二人きりでと覚悟したが、十人程の家族で行ない、親戚の者は僅か二名に過ぎなかった。淋しいと云ってしまえばそのとおりであるが、現在の社会構造の中で簡素に死を弔うとすれば仕方のない決断である。又、最近は一つの傾向として生活の合理化の一環の中で、新しい葬儀方法をとっているグループとか、新生活の求めに応じた仏法行事とは全く離れた別れの会的葬儀も見受けられていて、これからの葬儀は必ずやこう云った方向で取り仕切っていく形が急増すると見ている。

少ない関係者で行なう葬儀だけに万難を押しての出席があれば、喪主としてこれ以上の喜びはなく、感激も一入《ひとしお》のものがあり、本当に忘れられない心の暖かさを覚えるものであるから、どうぞこの心構えが身内の者にとって必要であると申し上げておきたい。

一先ず葬儀が終り、この度もっともお世話になった病院については本来拝眉の上、丁重なお礼を申し上げる処なのだろうが、一般的に長々と口上を申し上げる事も出来ず、当方の本音と云うか感謝申し上げたい点が伝わらない恨みがあるとして、礼状による作法とした。

当時の文面のままを書く。

先生様、婦長様、看護婦様、事務職員様各位

ひと言、ご挨拶申し上げます。去る三月九日母小川良子死去に際しましては、中々のご配慮を戴き、厚く御礼申し上げると共に、長年の医療介護の日々に感謝して止みません。人間の死の経過を数カ月垣間見てきて、近代の医療の力の程も現実のものとして、説明を受けて驚き入った次第ですが、更に理論以上の生命の強さも知りました。母が九十才の天寿を全うしたことに改めて感謝の意を表したいと存じます。

最期にあの集中治療室で対面した一場面は、終生忘れられない思い出となると認識しています。見る影もない姿態となり、闘病に疲れ切った様はひと月余と続いていました。そんな終末を見ていた私が、死後二時間余りの間に、別人となった母と再会して驚がくの感覚を持ちました。真白い装衣に包まれて頭毛は白いガーゼ模様の白帯で十文字に結束されて、白と黒の対照もよろしく、更に顔はふくみ綿によってか多少のふくらみもあり、往年の柔和な、ものやわらかな暖かさが感ぜられるように死に化粧された上に、腕と手の組み方は思いのほかに高く位置を占め、このバランスが品位を高め全体を調整しているやに見え、更に裾に流れる足線は端麗な形で視線に入りました。この世を離れてゆくこの一体は玲瓏《れいろう》な死老人となっていました。私は拝観でもするような尊厳な気持で只見続けていました。有難い極みでありました。最期に死後への出発は綺麗な姿での門出なんだと納得していました。こんな立派な死に装束を手がけられたと云うより、これだけの至芸の技を収められた看護の皆様に、心から感服したことを申し上げ、お礼の言葉とさせて戴きます。葬儀社の方々もこのことは先刻承知していて、当世数少ないお手当てであると評していたことを付言させてもらいます。

母は老人ホームと貴病院と計二十一年にもなる生活でした。私共も車で往復する事二百回以上になっています。老後は長命と共に中々容易ではありません。私も七十才、母の老生を参考に勉強し、これからの生き方を自信をもって歩いてゆきたいと願っています。大変長くお世話になりましたと申し上げ感謝しつつ失礼させて戴きます。

有難うございました。さようなら。

三月十七日記

追伸、別便をもって些少ですがお茶をお送りいたしましたのでお受け取り下さい。

このお茶は故人がその昔特に吟味して愛用していた銘茶なので、故人からのお礼でもあると承知して戴ければと思います。

八、仏法

長らく働き続けた体そのものが不自由となり、職場における自分の本業や手仕事、副業さえも出来ず、止むをえなく離れた老人と、一方は天寿と云われる生命の尽きるまでを見守ってゆく家族がいる。そりゃ他界を前提として時の経過を待っている当人は異常な思いを体験し、それなりの悟りを拓《ひら》き求め続けていたと思う。そして或る日、生命《いのち》と云う燈りが当然のように消え、幽冥界の住人となる。

このようにして別居の老人を見送った我々二人は、実際問題肩の荷を下ろし、ほっとしたことは確かである。有料老人ホームに十三年、老人病院に八年と総てその道の職業人の手を借りての気遣いであったものの、そのお付き合いの中でいろいろと勉強させてもらった。ホームの十三年は総て本人自身の生き方であり、経済的にも自立していたので、我々の思いは過剰な思いがあったかも知れない。しかし、一般的にみて病院生活との都合二十一年は余りにも長過ぎたと感じている。今後の考え方、生き方はどうも社会人と云うか、働くと云う場の考え方を更に切り換えて、体に適合した可能な分野があるのではないか、僅か一度の人生をもっと有意義に生きてゆく在り方があるのではないかと観ざるを得なかった。女性ならば、例えば染色、織り手、縫製、和裁などの独特の技芸職があり、郷土物産の加工販売、そして食彩料理、名代漬物請負、やはり自分自身が思考し試作すると云う仕事の面白味を外してはならないから、同年代の者達の集りとして行動してもよし、老人と云う観念を持たないようにしたいと思った。老人病院と云っても、国や市の方から毎月相当高額な医療支出を受けている。医療支出の実態の通知があるが、何時も申し訳がないとして恐縮し、身の縮む思いがあった。せめて私の時は努力してお手上げとなってから死までの期間は短くありたいものと願っている。そのためにどうすればよいか、生きている者の責務として、出来るだけの努めを果たしたいものだ。

　葬祭を終えて我が家の祭壇を眺めていると、やはり私は七十代、先祖の皆様とお近づきを得たいと云う気持がやってくる。一般的にそう云う人間の心境があって、よく先祖の系図を調べたとか聞いているから、年代の成せる業なんだろう。私も当然先祖の地を訪問した。やはり、戸籍謄本をどんどんと遡ってゆくよりないのだが、青森県六ヶ所村、青森市裏町、そして七戸町、岩手県柴波町まで過去二百年に亘り先祖の皆さんが歩いてきた、その地を巡ってみた。正直な処、往時の生活態勢を思うと、時代の推移を見ても容易でない庶民生活と推測せざるを得ない。

東北六県は俗に貧乏県と云われて、その生活は石川啄木にも見られるようなものだっただろう。今にしても六ヶ所村の風景は陸の孤島の如き地形、地帯を成していて、近隣の町、村の方々も昔は大変な処でしたからと云っていた。原子力の灰のある村として進展を求めたとしても、納得出来る事由があった訳で、私なりに確認してきた。五代、六代先達の方々までご苦労さんの事でしたと、慰めの気持が無性に湧いてきて、せめて霊魂がこの世にあるとしたなら、今ある位牌の数々を、昔の旧家で格式を重んじた皆さんを、それにふさわしく祭ってあげようと思いながら、東北の旅から帰ってきた。

お墓は三十年経っていたので、総体を大理石で敷石し、雑草は一本も生えないようにと心がけた。大理石の敷石は何も見栄を張ったものでなく、子等の職場が全国的に拡がっていて、将来とも墓参は数少ない事となるので、雑草だけは見苦しいので特に配意した訳で、その真意は当然のことと納得されるだろう。

仏間の方は当然ながら、今迄押し入れを私が改造したものであったが、建具師を入れて完璧な仏間用観音開きの構造に改造し、仏壇も旧家にふさわしい大きい二米程の仏壇で金ピカとして、どうぞご先祖様と申し上げた。良子さんは死んでからは何事も不要と云っていたが、先祖を含めてこれくらいの事、この世にあった時のご苦労に心から報いたい、気持よく安んじてお住み下さいと云っておいた。

お墓の事で私は知り得たことだが、普通基礎はコンクリート造りだそうだ。これは素人の考えだが、コンクリートの耐用年数は普通よくて五、六十年くらいだろう。それ以上になるとポロポロ欠けてくる。その上に石が乗っかっているのである。本来は逆であればよいのだが、基礎が壊れてゆくから二世代くらいで改築が必要となるだろう。昔のお墓は総て石造りであったから、幾百年と残っているのだと思う。多少長持させるためには、コンクリートの肌を外気に当てないように石で包んでおくことだ。本来は総て石造りでないかと思う。

これは当然の成り行きだろうが、墓地の取り扱いは公営であっても概ね無縁墓地となればば墓地は解体されて次の方に提供され、そこにあった遺骨は集合されて、うず高く積まれていますよと関係者の方から聞いている。お墓は益々立派に拡大し、葬儀も立派になってゆくが、五十年、百年先の実態がこんな具合になるとしたら、今よく聞く散骨にして良いとする考えは、何れ将来同様な結果になるのだから、今後の在り方として十分通用する話かも知れない。

　法事の一環として四十九日に納骨と云う事があって、あるお寺にお出を願った処、お葬式はどちらでお願いをしていますか、病院の都合で他町村で済ませたとしたら、その寺の証明を持ってきて下さいとの事で、随分と今まで気楽に了解していたものを、どうしたんだろうと思った。その事とは別の事だが、仏事の時だけお願いし、お坊さんの作法やお経の内容も知らず、何の意味があるのかと思ってしまう。形式的なことを云えば、単にお経の三、四小節を五分も説えたら、それでよしとするだけのもの。それならば私が心を込めて、お経の一つを初めから終りまで、教本を見て唱和することの方が余程心の慰めになると思い、四十九日の法事は私が代行することになった。幸いに私は生前法名を本山より頂戴していたので、肩より下げる信徒紋章もあって、それらしい格好は出来たから、堂々と真しに相勤めたことになる。その後も同様に、金ピカの仏壇に向って朝三十分のお経を差し上げている。そんなことをしていると、娘も教本を唱和してゆけると云っている。若し私が仏となったなら、お前がその調子でやってくれと云ってある。私は先祖の皆様が明治、大正時代、院号を所持していたことから、大変な仏教徒であったと思っている。それだけに経文を捧げ供養をしているのであって、私自身の問題ではない。宗旨によって教義、法典も異ってくると思うが、少なくとも易しいと云われる解説書を読んでみても容易に理解出来るような内容でもないから、結果として坊さんや関係者に尋ねても、「さしたる事は云われていない」とか余り詳しく触れたがらない感じがして、掛け離れた別世界の特殊のものとあきらめてしまう。しかも、漢文そのものの棒読みで全く不明の連続である。せめて口語訳でないと、意味も知らずに付き合う事になるから、堪えがたい時間である。

私はお寺さんから邪険にされたからと言う訳でもないが、仏教の一般書を見ると、紀元前の教義、スタイルがそのままにと云ってよい程に変らず死後の世界を作って美化し、極楽浄土とか、死後又自然界に戻るとか、あり得ないことをどのように説明してもと感じてしまう。それに、普段全く接触がないのに形だけの仏教徒として戴くとして、如何程の意義があるのかと反問してしまう。薄いベールに包んで悠久の彼方に祭り上げ、永遠の安楽の期待を漠然と来世につなぎ、夢の別天地を作り招くが如く、仏神《ぶっしん》の世界に未来を託すように物申して、幽明の世界に生きるように示唆する。やはり、死にゆく者はそのような仮定がなければ、いわゆる成仏は出来ないものか、云ってしまえばそのような浄土があれば都合がよいか、死後の世界があるから旅立つ者は安楽な死を迎えることが出来るかと、この一点にかかってしまう。近代科学と医療科学がこれ程発展解明され、文化が飛躍的に進んだ今日、どうしたものか、それに死の直前口にする人達の多くは、これらの事とは無縁のことが言われているように聞いているが、どうしたものだろう。私は思う。近代化になじまないものかどうか、真理を説いているのだから現代版として大変革してよいように思われてならない。否、もっと未来と共に生きる有限であって、自由平等、大義の群像を求めたいものである。

私なんぞは仏教徒らしい信仰が全くないのに、先祖に習って如何にもそれらしく振舞うことに、極最近抵抗感が芽生え、何とか納得する努力をしたものの、解説書も又掴みどころのない、何時までも結論がない、だらだらとした長文が続き、もって回ってゆく在り様に、実体があるのかと不信感があり、気持が離れてしまった。どうして生前法名まで手にしてしまったのかと、中身のない当てずっぽうな生き方に情けなかったと、それこそ悟ってしまう。まあ右ならえ、護送船団方式であったのだろう。

現段階でこれならと云う理解が出来ない以上、自分なりに信じてゆく道を巾広くして節度をもって暮らしてよしとしたいと思うようになった。それであるなら、現代人らしく新生活運動の一環の中で、私自身の旅立を定めて置くことがよろしかろうと、こんな次第を考えたが、どのように理解して戴けるだろうか。その内容は仏式によらず一般的に行なわれている「故人を送る別れの会」として、皆さんがと云うより極く身近な親しい人達のみによる集りにしたい。従って、他に洩れることのないようにして、広い一般的交際のあった方には間を置いて、暮れ近くに発送する新年の賀状の前に喪中である旨の通知をもって重々の不礼をお詫びすれば、了解を得ることも容易かと思料する。集会は飛行機の連中が主客となるので、通夜と云うこともなくて好都合となるだろう。通夜に当る晩は年配者もいるので、私の好きであった、こう云う曲を流してみてもよろしかろう。

一、風雪の音色津軽じょんがら節（新節）津軽よされ節（旧節）三味線　二、浪曲唄入り観音教　三、ひばりの悲しい酒　四、演歌　柿の木坂の家　五、アイ・ジョージ　ラ・マラゲーニア　六、ムード音楽　雪が降る　七、ベートーベン　月光　八、童謡　月の砂漠　九、映画　地上よ永遠なれのトランペット　十、フェラーリ　マドンナ（聖母）の宝石　十一、サン・サーンス　白鳥　十二、ショパン　葬送行進曲

本葬と云うか翌日の送る会が始まったら、司会者の息子が「今日送る会は故人のたっての希望があって、全くその遺言どおりの進行でありますので了解してもらいます。本人は長いこと持病と共生したことから、仕方なく老後生きる物指しをもの書きにおいて、十五年で三冊を校正まで手がけ、今又作詩と短文に専念しておりました。それで、本日は当人

の書いた一文を朗読して、それを経文に代えてくれと云っていましたので、これを紅《くれ》ゆさんにお願いいいたしたいと思います」
続いて朗読　初めに、故人が小学校六年生の時長く育った漁村を離れることになりますが、その時の村の人々との別れの思いを次のように記述しています……次に十二才にして死別した父親のお店に、家族が別れ去るときの父親への惜別の思いを又述懐しています……最後に故人も老人として人生を振り返って童人慕情と云う冊子の中に「有難きかな」と云う一文があります。それを最後に朗読します……。
司会者　以上をもって、送る会の故人を忍ぶ会を終ります。最後に菊の花を献花して戴きます。

様　様　様

以上の諸経費の見積りは次のとおり算定しています。

桐　棺	一〇〇、〇〇〇
棺内装	二〇、〇〇〇
ドライアイス	一六、〇〇〇
仏　衣	一五、〇〇〇

御骨箱	三、五〇〇
御位牌	四、〇〇〇
生花	四〇、〇〇〇
遺体お迎え	二〇、〇〇〇
火葬場お送り	一〇、〇〇〇
会場費	五〇、〇〇〇
食料費	一〇〇、〇〇〇
布団代	一五、〇〇〇
その他雑費	五〇、〇〇〇
合計	四五〇、〇〇〇

欧米での葬儀費用は、イギリス十三万円としても、概ね参拾万程度であると聞いている。日本の一般的費用は、百万から三百万程度が標準となっているのではないか。もっと簡便で、しかも故人の希望、個性を尊重した野辺の送りがあってしかるべきだと思う。思い起すと、無宗教の葬儀としては、吉田茂元首相の名を第一に挙げることが出来る。故人を偲

ぶ会として、生前本当に仲良くした人との別れであって欲しいと、故人が指定することも自然の流れであると思う。何も様変りなことでもなく、世界的に宰相として第一級の折紙をつけられた吉田さんが、その人らしく先導をつけていると知れば、最近の流れの本旨を知ることが容易だろう。又、自然葬の一環として、自然に散骨することが故人の納得指示、遺言として、数多く実行する風潮があって、先見的実行の持主と敬服する。本来、昔から神仏や故人となれば、山岳森林地下に住むものと信じられていたもので、印度の故女性ガンジー首相は、ヘリコプターでアルプスの山々に散骨している。又、有名な女優さんも故人となって、相模湾に散骨してもらっている。一見大事に納骨したお墓にしても、一国の城主であったり、貴族であると云われた人のお墓であっても、人により現状を見ても分るように早晩見るも惨めな実態があり、百年か二百年先を想定出来ると思う。何せ近世代は人脈が全く続かないばかりか、永住地と云うものがなく、まるで野人の感が強い。初めから自分の希《のぞ》んだ処に咲いた人生を戻し、土に還った方が自然の理に叶うと覚《さと》るべきでないか。この私も来年出版する頃、自分なりの場所を求め旅行したいと思っている。そう云えば、亡父も思い出の地青森市の沖合陸奥湾に散骨している。日本の山や海、そして川は美しいと云われている。沢山のお花の咲いていている処も多いだろう。自然の美に埋もれて天空の星を望んでみては如何か。

今世界の宗教はイスラム教、キリスト教、仏教をして三大宗教と云うそうだが、テレビなどで知っているイスラム教は日に四、五回も参拝を行っていて、日頃から敬けんに忠実な信者として行動し、宗教として近頃見事なものと感服するものがあった。しかし、一寸内容を読んでみると、イスラム教の超然としたコーラン（教義）は神と一体のものであり、その言葉は不変の真理で全智全能であり、天地万物の創造者、支配者であるとした、徹底した一神教であると云う。こうした超然とした神を崇高なものと承知することは、昔の日本を見る思いがしてならない。絶対的君主国で、これ又現人神《あらひとがみ》であると云っていたが、自由平等の思想なんてとても生まれるような状態でない。恐れるべき宗教でないかと思ってしまう。余りにも絶対無二の神とかを前面に祭り上げていると思ってしまう。キリスト教であるがユダヤ教の唯一の信仰で、神は夢と罪のあがないの道を説いていて、時代の変遷とともに政治、経済と他方面にかかわりをもって近代的変革を示している。概して大らかな布教であるが、信ずる者は救われるとの切り出し口上は如何なものかと思う。

今でこそ日本の国の人々が人間性の在り方について、いろんな場面で取り沙汰され、上に立つ者程道義道徳がなく、利己主義の化身のように言われている。勿論、上がそうあれば下々の在り様も残念至極といってよく、少年少女、青年に至っては何等の支柱となる人道的な強い実践がないから、無軌道に流れ、無鉄砲な行状が随分と報道されつつ指摘を受けている。それもこれも人間の生きてゆく教義と指針がなくなったからで、人間性をどう捉え、どう教導するものか、自由、平等を主軸として、個人主義を加え、少なくとも全体の法義を社会に述べ、その大義を実践する総意の集約があってもよいと祈念して止まない。私はこれらのことをまとめてみて、次のような具合に目覚している。

人間は内面的に心弱い処が多く、何事によらず神仏の存在を意識してしまう習性があるが、これらは総て作られた世俗の伝道的な話であったり、又そう云った場合における伝法的な対処の仕方、考え方を教示しているほかに、空想観念の世界に逃がれる態度などいろいろあるが、現世に生存する限りにおいて、神とか仏に依存、祈念したいと云う心があったなら、その存在は身近にあると承知すべきであって、我が身を離れてあるものでないと思う。仏は我が胸に神は現世に在り、社会全体が知っていて見守っているものであり、その既決《きけつ》は時が定めてくれると悟るべきである。又、来世はなく、それは空であると私は自覚している。地獄、極楽とは、この世以外で起きた事ではない。この世の出来事、生き様のことである。その実態は知ってのとおりであるが、心理的にいかに自分の心に悟りを開花させ信奉するかによって、この世の地獄の中にあっても心花を持つ事が出来るであろうし、極楽と自覚する生活の中においても永続性は殆ど皆無であるから、一時的な極楽と誰しもが知っているから快楽性の強いものに過ぎない。従って、心の不安定さは常に介在していて、決して他の者が希む程優雅なものではない。人間の本当の意味での幸福は、心の磨き方、心根の持ち方であると特に感じてならない。

もっと具体的に云ってもらいたい、私にも分かるようにとの申し出があったとしたら、この様に答えたい。俗にサラリーマンと云われる人には金満家はいないだろう。格別に裕福な人とか富豪とか、人も認める方々は、当然ながら実業家であって一握りの成功者である。実業家と云うのは利益を追求するので、商売は自分の能力以上の拡大型経営に必ずなる。そうすると、資金繰りは他人資本に依存することになり何時も資金繰は大変で、銀行の支えがなくては到底継続維持は無理だろう。だから、手許資金は不如意で枯渇していることが多く、常に戦争状態とも云える。私は職掌柄多くの経理責任者を知っているが、容易なものではない。よって、心から安隠に暮らしているとは云えないだろう。外観はよくても内面は深刻な事が随所で繰り返していると承知すべきだろう。お金は天下の回りものと云いますが、よく云ったものと感心している。そのとおり金銭に限らず、総ての現象は一時的なものであり、そのまま滞留し停着することは殆ど無に等しいと悟るべきだろう。とすれば、長い目で見て、この世の浮き沈みは条理にもかなって、道理として一応納得いくのではないかと思う。

総てが平等に繰り返すことはないだろう。そんな世の中はおもしろくも何ともない。努力する者が報われる、これがまた各人の胸にある人道の教えである筈ではないか。若しそうでないとしたら、それは邪道であり、いずれ糺《ただ》されることになる。幸福を求め、富を求めて生涯右往左往することは、生き物である限り天理の理《ことわ》りだろう。しかし、一応老生の身となった場合において、どうあるべきかとなったとき、特に長命の女性は真しに対処すべきだろう。たまたま見ていたTV放談で、スペイン人で鉄道に勤務していたが、不規則な勤めと過労から早期退職したあと、手頃の農地を買いとり機械を使って耕作していたと云うが、その彼がその後これ迄生きていくことが出来たのは働き続けたからだと云った。若しその儘働かずにいたなら、もうとっくに死んでいただろうと云っていた。この思いは同じであって、見事に命を大切にしていると感じた。

人間は死ぬまで生きている限り働き、動き続ける事が大切なのだ。それ程人間は働く機械と共存していて、動くことを止めたなら早晩錆《さび》てしまい、完全に停止することを承知しなければならないだろう。老生となって女性は何処で働くかとなれば、同僚の介護の手助けにボランティアとして行動を起すことが一番でないかと思う。いずれ自分も要介護の身となるのだから、その前に相見互い、それだけの奉仕をすることが社会の常識ではないか。老人ホーム、老人病院は老女ばかりが集り、うごめいている。知らぬ存ぜぬ、嫌なことととして傍観することは一種の罪悪かも知れない。

たまたまこの国においては介護保険制度が始まっても、その要員が随分と不足していると云う。また、その予算はその町村の住民の保険加入内容によって、格差が生ずるとも云われている。人生最後の大きなお勤めとして、体の許す限り奉仕すべきでないかと案じている。男は農作業に女性は介護の世界に働く、ボランティアの心根を育ててゆく。良きかな、人生終焉の演舞場ではないか。

九、老生を観る

老人は朝が早いと云われている。私は総じて早起きとなりつつある。今朝はとりわけ早かった。例によってカーテンを引いてみると、白い淡い雲がふわりと浮いている。薄く青い空が多い。しんとして静寂さが強い。今日も一日良い天気かと納得する。裏庭に数種の庭木があるが、四季折々その木なりの風情を見せてくれる。いずれも手植のせいもあって、何時もひと通り目をやって「どうだい元気かい、変りないかい」と挨拶のような気心を送ってしまう。今日の別嬪《べっぴん》さんは何奴《どいつ》かなと云う感じ方はやはり一緒にある。特に意外性のあるのが一本の紅葉であろう。秋の本番以外にも春の芽出し期、普段でも時折どうしたものだろうと思うことがある。葉色が初夏に変色してゆく時など、衣装替でもしたのかと、その見事さに惚れこんでしまう。真冬の紅葉の樹は、すっかり枯れ木のように枯れ葉を残し、寂しさばかりの趣きで、厳冬の真ただ中に突ったたっていて休眠木《ぼく》となっているのがこの頃の姿態である。今朝方小雪が一寸降ったらしく、あの枯れ葉の上に小さくこんもりとふわっと乗っているから、枯れ木には白い小さな花が咲いているように見える。中々に見事な情景で、情緒さえあるのだ。条件が整えば、同じ光景を繰り返し見せてくれることになるだろう。朝日の強い陽が当っていて、真白く輝いている。それだけに、明暗がついての見事さは格別なものがある。全くの無風でこの情景の手助けをしている。しばし堪能していると、これが小さい自然美の極みかも知れないと思い込んでしまう。惚れ惚れとしてずっと見続けていると、又こんな風にも感じてしまう。絵のようでもあり、その一片は枯葉であっても、茶枯れの葉でも、その葉に赤茶色の残るものもあり、中に白茶葉《しらちゃば》の趣きを見せ、強い朝日に変色して彩を添え、しかも牡丹状の綿雪と影の部分の水色との調和に、唖然となる程の美しさがある。これだけの自然の造形美を見て早朝は三文の得と承知し、満足して十分である。陽が昇るに従い、一陣二陣の風が当り、さらさらと白雪が落ちてゆくと、何時もの木立に様変りしてしまう。あの趣向はどうしたのと紅葉の木に聞いてみたい程である。

我々老生にとっても同様に、粧飾は必要なものである。白髪老人だからと云って、落日の西方にばかり歩むことはあっても、その気持は気力体力を再生燃焼させて第二、第三の人生を再燃させるべきでないか。こんな紅葉の樹にしても四季の飾り付け、変容を知っていて、主人の私にその美粧の程を観賞させ、日頃の手入に報いている。

本編の主人公良子さんの、九十才もの長命であった人生を眺めて、長生きするばかりが人生の幸せでないと思い至っている。何故かと云うと、人間は後退的な思考で人生を送ってはならないと確信するからだ。停滞したり、これからは目的もないから好きな食事をしたり、観劇などを楽しんで優雅に暮したとしたら、そのむなしさに気づくことにさして時日は要しないと思う。そんなことは一般的に云われる欲求の一つであるが、倦怠と云う言葉がある。語訳としては、物事に飽きて退屈し、動くことも嫌な程、心身が疲れてだるくなると云うことだが、こんな状態になることは先づ必定と思うし、大きく云えば歴史上にもそのような時代があり、いずれも衰退、退化に向っていった。人間の喜びや希いと云うものは、意欲をもって体を動かして、生産したり、社会生活の一員として姿形を変えても細く長く参加し貢献してゆく行動の中にあるもので、体が不自由であれば動かせる部分でも対応出来る事もあり、頭とか、場合によっては目、耳、口、足で活躍している人だって相当に見受けられる。老人として一時の骨休み、休息は必要だろう。しかし、それは長くはいらない。いずれ又何かを求めて行動を起すもので、それが人間と云うものだろう。夢を探る努力、夢を持つ老人となってこそ、老生と云う王冠があれば差し上げる人だろうと思う。

母子家庭に長く育った私は、生活苦もあって小さい頃は天空を見て願い事をしたことを忘れない。あの頃は、宇宙そのものはまだ未知の世界で、奥行のある包容力さえ感じられ、知られざる処天高く、偉大な力量と月に兎の杵つきとか、童話もあってそれなりの進行に近い祈りの場であった。それが僅か六、七十年で現代の感覚では全く月は勿論、宇宙全般は手中の運命線を見るように一般人に公開されている。従って今、昔のように天に祈りを捧げる人はいないと思う。未知、不明の部分があったから、信仰の場として価値があったのであろう。太陽に、朝日の礼拝する慣習は太陽の恵みを知っていて、その有難さに感謝している心情の表現に過ぎない。有難い極みである太陽であっても、有限の期限が公表されている。この地球にしても同様である。事総てが解明され、その速度も近代は一瀉《しゃ》千里と云ってもよい程に速い。そんな中で、只一つの旧態依然とした二千年、三千年の経文と称するものが殆どそのままの姿であることは、どうしたものかと不思議さを覚える。

俗に心霊的な所が各宗教の基因の中にあったりして、特に不治の病、死後の世界観など到底現代人が理解しえない事、近寄れない社会の老人なるが故に入りこむことになるかと見てしまう。例えば、四国巡礼の旅は四国霊場に参詣して、過去の罪を流して功徳を受け、冥福を受けることが出来るとしたものである。この時代の参詣は難行苦行の連続であって、過去の罪を流す程の努力と忍耐は並々ならぬものがあり、苦行を虐《しいた》げられたものであった筈。現在のようなことで罪を流して云々と云うことなど、手前勝手な屁理屈でないのか。人間の罪と云うものは、生きている以上誰にでもあるものであり、例えば人を殺したから自分も死刑になる。それで贖罪が済んだとはならないだろう。罪は一生心の中で重荷として受け止め、償うもので、流して消え去ることの出来ないものであるとする考え方があり、時と場合によっては納得出来る論理であると思う。これが死刑廃止の主張であろうとも思われる。

それだけに、老人となり老い先短かいから功徳を求めて寺参りとか、百度の祈願で心の改造、改悛に努めるとしても、参詣によって贖罪されると云う観念的な甘さで通用する手形で許されるものでなく、各人の胸の内にその痛さを収め、その贖罪ともなれば、九州大分の青の洞門のように、多くの旅人の命を守るために、のみと金槌で隧道《ずいどう》を掘り上げて多くの人命を救う改悛は感動的であったが、現代的に切替えてみると、社会奉仕に余命を捧げる慈善事業、病人介護など、真しな行動こそ贖罪の本流として第一に心がける老後のお勤めではないのか。安易で手前味噌専一の仏法に、素人の人々が自分自身の心を洗い清めることなど出来るのだろうか。自らの苦労をいとわず精を出して汗を流し、世人の感謝の中にこそ功徳と云う実感を体得し、晴れ晴れとした老生を過したことになると主張したい。

人間は生きてゆくことを考え続ける生きものだと、つくづく思ってしまう。生きている以上、この荷物は下ろすことは出来ない。しかし、老人的自覚があったり、四体の不自由さが多少でも起きてくると、気弱な人間になって後退的発想で萎縮《いしゅく》した老後の道をたどるとしたら残念である。老人と云えど、乗り越えてゆく気力が必要である。

老後必ずと云ってよい程やってくる足、腰の痛さなどはそれこそ老人病と云われ、治療などで簡単に治らず、自己判断によって対処していると思う。私は食事治療をして、乳酸菌ビヒダスを食前に小ジョッキに一杯と漢方剤を適宜、運動は特に大事であるから、心臓病の持病があっても一日置きに四キロを歩く。又、昔流の乾布摩擦《さつ》、そして週二回近くの温泉に自転車で一時間かけて通い、三十九度程の低温の湯に二時間ばかり団らんの中で楽しんでいる。その結果として、一時の痛さは忘れ気味の状態になっていて、自分なりに健康回復の努力は一応成功していると評価している。

痛さはどんな方でも何としても治癒しようとするだろう。しかし、それが老人病であって、治らないでしょうと云われても、更に私のようにしても相変わらずの状態で、しかも苦しさが加重されたとしたら、過去にあった神、仏による加護にこの身を奉じてもと考える方は零に近いだろう。今又、病院での救急手当となると思う。神秘性とか霊界を全く否定はしないが、前時代的な事が何時までも温存されることはないように観てしまう。人間の心の問題として、宗教的な教示は今後どうあるべきかと考えてみて、全く新しい発想による、超近代的新しい教義、理想像があってしかるべきで、古代の教義に執着することも無理があるのではないか。この辺で一大論争を国民的に展開したらと提案したい気分である。何故こんなにも神仏に抵抗感が最近強いかと反省してみると、老人はそろそろ神仏に近づき、別天地の悟りを持つことが望ましい姿と理解し、結果として現世における責務を棚上げして隠退的気分に満足したり、無気力になることは、どうしたものかと考えてしまうからだ。

私の仲間は、税理士業であるせいもあって、最低七十才くらいまでは事務所を維持しているし、中には八十才以上の方もいる。仕事の内容にもよるが、例えば仕事に区切りをつけて趣味三昧に移行しても、おざなりの趣味ではさしたる意味がなく、永続しないかも知れない。撰んだ限りにおいては一芸としては展示、販売、入選等々或る程度の真価を抱《つか》んでみて、それからの展開に夢を持ってゆくならば、生産的な姿勢が続いているから望ましい進行であると期待したい。いずれにしても社会的に貢献しているか、生産的な人間としての責務につながっているかとならなければ満足出来ないし、それによく云われる老人は、殆どポックリと死にたいと願っていることに関連していると観るべきで、それには現役で働いていることが条件であると思われる。情熱と根性を持続出来るものがあれば、金属疲労でプツンと切れる、折れると云うように、体も極限の中で同じように燃焼し、消滅することになるのではないか。老人ホームの実態は上膳据膳で、各種のサークルは奥行の浅いもの。社会的生産とか奉仕につながりがない。とりわけ老人病院は、一言で云えば老死のために出来るだけ病院としての手段を講じてくれる場所であり、延命的要素が一杯につまっている。先ず社会に戻ることはないだろう。八年程見舞人として通院したが、まるで養鶏場のような光景で、鼻からの二本の入管は見るも無惨であり、幾年と続いてゆくとしたら容易な沙汰ではない。こんな事態を迎えないためにも、出来るだけ現役であると云う気心をもって、五体を生きている限り動かし続ける事であると思う。また、動ける体を自分で老化させると、先程のような老人病院の人となる確率が高いと云えるだろう。何も望んでそのようになることはない。痛みをこらえても外に内に手を出し頭を出して、棚卸商品とならないように心がけるべきである。

思い返して、人間の一生、随分と生きてゆく努力は長く、いばらの道であったと思う。僅かな老いの期間に光りを当て、生き様を描いたものの、それは老生と云う課題をもって人間の主たる悩みを俗人ぽく理解してみたと云えるだろう。勿論一老人の処世観であり、評価は書生観であるとしても、文理上の筋道は一応歩いたつもりでいるが、怪しいものである。残り多い老生をどのように生きてゆくべきか、怠惰《たいだ》怠性の中で生きては申し訳ないと幾度となく胸に心に鞭《むち》を当て、これではいかんと再起し、蘇《よみがえ》っている感覚を持っている。中々大変で努力のいることだが、人間の勤めと思っている。

人間精一杯生きて百才足らず、それなりの人生に努力の花、華を咲かせたものをと思ったとしても、それは一代限りで忘却の彼方に消えゆく流れ星のようなものかも知れない。親子以外でどれ程の人が思い出して偲んでくれるであろうか。寂しい命運と自覚しても、人間の生き方、飾り方、そして人間の心に住みついている仏心、神の心がここで立派に成果として自覚したのなら、満足して精華を抱いて昇天することが出来るのではないか。

それにしても、良子さんが云っていた「こんなに長生きしたことは計算違いでした」と云う言葉は、当分忘れられない印象として残っている。

完

書き終えて

老後についてはその年代になって、いよいよかと思ってみる方が多いだろうと思います。私もそんな部類の男でした。それで先ず、一、二冊の老人病や心得的な単行本を読むことになり、その後もテレビや新聞に啓発されるようになったことは確かでした。知ったところによれば、日本では今まで百余の冊数が刊行されているが、老人心理に触れたものは僅かであるとのこと。

私は老人の抱えている幾多の問題点について、これからどうしてもその根本原因を知っておくべきではないかと思いました。只々二十一年もの長い期間漫然と良子さんに付き合っていたわけでもなく、老後のあり方に煩悶していたと云ってよいでしょう。そんな事から、主人公の半生を紹介する小説を手がけてみることになりました。本論に移るに及んで、どうしても私自身の手探りが強くなり、それにお互い老人仲間の方が読んで戴くとなればとの思いも募って、心情のままに書き込んだ恨みはあると思います。本来内容が静穏に、それこそ粛々と進むものかと思いしや、深遠な問題提起があったり、近頃の社会時流には憤激することが多く、中々に亜流泡沫《ありゆうほうぼう》としているから、随分と手こづりました。体調定まらない老人は、こんな時仏様のように南無三宝《なむさんぼう》と云いたい気分でしょう。それにしても、これからの世紀に生きる、次代の若き男女の社会構造を想定すると、波乱万丈であろうと憶測してしまいます。書き綴りながら、背筋に戦慄《せんりつ》が走るような思いがしてなりません。

しかし、我々の世代もこれ又大変な世紀でした。生きものの一生は何時の世も同じと受入れてゆくよりありません。私にはこんな突っ込みで観る調子がありまして、軽い社会風刺的な辛味があります。これが私の作風なのかと承知するとして、文脈の中に伝わる気魂があれば幸いであります。

一年程の構想と六ヶ月ばかりの深夜にわたっての熱中執筆で、一応草稿は終っていますが、この後今年一杯は熟成期間として素読を続け、校正、表紙の考案等製本の楽しみもありますが、来年初には刊行する運びとなります。

なお、付け加えると、扉に採り入れた挿絵の面相は、本書の主人公良子さんの実像を胸に秘めて描きこんだせいか、随分と似た面影が出来上り、私としては満足しております。そのうえに供養ともなり、二重の幸せ感が湧いてきます。そして、よく長く対面していると、この面相は小説の確かな顔であるような趣きがあります。

一九九九年二月八日記

追記　読者の皆さんから、こんな事を云っている人だから、これからの老後を聞かれると思いますので、一寸申し述べておきます。私は元気振ってはいますが、持病があるために年々行動範囲が限定されてきています。好きな囲碁は心臓に悪いからと取り上げられ、趣味の範囲であった軽い農作業もようようの状態となり、今年は好きで通っていた温泉も自信がないので遠慮しています。あれもこれも駄目となって、いよいよ家の中にいることが多くなり、自分の想いと希いに限界を悟ることもいや応なく知っています。ですから、今年我が寝室に手押車が入れるように床をフローリングに張り替え、敷居の段差をなくしたり、風呂場にも手押車が入れるように改造し、せめて頭や体をシャワーで洗えるように一応の準備をしてみました。

そんな体であっても、現役にこだわって仕方なく、最近はもの書きの真似をして、自己満足でしょうが一応皆さんのように仕事に、現役につながっているものとして努力、努力の毎日です。その習慣が何とか身についてきて、真夜中でも夢うつつの中に文章のあれこれが思い浮かぶと起きて書き留めるなど、楽しい時間を持つようになっています。それだけに、次回作は五十人程の人間像を主軸とした、老人の縮図を書き込んでみたいと思っています。舞台は一ヶ所あの羅生門のような具合に設定しています。仮題は「水鏡」と予定。しかし、これは試作品として手許に置くことになりましょう。

私は、もの書きが無理となったら、次には油彩の道もあるし、詩を作れるものかどうか挑戦してもよいだろうと思ったりしています。これから先そんなに長くはないと、今年久し振りに風邪をひいてみて自覚させられました。しかし、最後の生命線でもあるこの芸事は、生命の友として不断の努力を続けることに変わりなく、「究意《きゅうきょう》の願い」を夢見ることもあります。この願いは、仏語で退転しないで努力すれば成就したと云う念願のことであって、老人の皆様が願っているポックリ死は現役で働くことが条件ですから、このように一挙両得ありと努力して、初めて叶えられる願いでしょうから、極力精進して相努めていくことになります。最後に仏語を贈ってお別れです。

著者紹介
小川中大（おがわ　ちゅうだい）
北海道日高の国厚賀出身（1927年生）
中央大学商学科中退
税理士（廃業）

老いゆけば

2000年３月１日　初版第１刷発行

著　者　小川　中大
発行者　瓜谷　綱延
発行所　株式会社文芸社
〒112-0004　東京都文京区後楽2-23-12
電話　03-3814-1177（代）
03-3814-2455（営業）
振替　00190-8-728265
印刷所　株式会社エーヴィスシステムズ

ISBN4-8355-0051-2 C0095